USA *Today* BESTSELLING AUTHOR

Dale Mayer

LÉGION D'HONNEUR

Easton

TOME 13

Easton, Légion d'honneur, tome 13
Beverly Dale Mayer
Valley Publishing Ltd.

Copyright © 2017

Traduit de l'anglais par Sarah Laurent et Valentin Translation

ISBN-13 : 978-1-778864-68-1
Format Print

Easton

Easton attend toujours avec impatience ses séjours dans la nature sauvage canadienne. Et sa rencontre avec la belle photographe envoyée sur place afin de prendre des clichés de la base et des stagiaires pour des documents promotionnels ne manque pas de donner du piment à sa routine bien huilée… mais aussi une tournure plus sombre.

Summer a tendance à se plonger corps et âme dans son art, si bien qu'on la traite souvent de tête en l'air, d'écervelée et autres qualificatifs moins flatteurs. Qu'à cela ne tienne. Sa nature passionnée lui offre de nombreux débouchés créatifs gratifiants et elle adore voyager pour son travail. Malheureusement, sa capacité de concentration l'empêche de prendre soin d'elle comme elle le devrait. Alors, quand elle est prise pour cible, Easton est le seul à se rendre compte qu'elle s'est malencontreusement fourrée dans une situation dangereuse et qu'elle a besoin de lui pour la protéger.

Avec cette escalade de violence, Easton garde Summer à portée de baiser, au point de lui faire oublier tout le reste…

Inscrivez-vous ici pour être informés de toutes les nouveautés de Dale !

https://geni.us/DaleNews

CHAPITRE 1

E ASTON GALLAGHER SAISIT plusieurs gros sacs à l'arrière de l'avion et les lança sur le tas en contrebas. Le matériel était enfin arrivé. Quelques heures après le personnel. Ils suivraient un entraînement commun qui inclurait survie et évasion, mais la véritable raison de leur présence ici, c'était la survie dans l'eau. L'armée canadienne était connue pour ses systèmes de purification de l'eau. Pendant qu'ils étaient ici, ils feraient d'autres formations sur les nouveaux convertisseurs d'eau potable. Il lui tardait. Il adorait les Canadiens, et on ne se lassait jamais de ce si beau pays. Le fait que Devlin, Ryder et Corey étaient près de lui améliorait son humeur. Il adorait son unité. Ces gars étaient les meilleurs.

Même si Devlin était devenu casse-pied depuis qu'il avait rencontré Bristol. Maintenant qu'il avait trouvé quelqu'un de parfait dans son monde, il ne pouvait résister à l'envie de jouer les entremetteurs avec tous les autres. Et ça, Easton n'en voulait absolument pas. Il avait emprunté une fois cette voie, et ça s'était fini un mois avant le mariage. Il n'essaierait plus. À cette époque-là, sa fiancée avait avancé une raison valable, et il supposait que ce serait pareil pour les autres femmes puisque rien n'avait changé dans sa vie. Elle n'acceptait pas les absences fréquentes, l'inquiétude qu'il ne revienne pas. Sans parler des fois où il était parti pendant des semaines ou des mois. Elle ne savait jamais quand il revenait – ou s'il reviendrait vivant de ses missions dangereuses.

Easton ignorait comment Devlin et Bristol s'arrangeraient, mais cette dernière était tellement accaparée par son travail qu'elle ne s'en rendrait peut-être pas compte. Ce qui le fit rire.

— Putain, qu'est-ce qu'il y a de si drôle ? demanda Devlin en lui jetant un regard de côté.

— Je me demande si Bristol s'apercevra même que tu es parti, répondit Easton en haussant les épaules.

— Après hier soir, elle n'oubliera jamais, répliqua Devlin avec un sourire coquin.

Easton sentait l'envie tourmenter son for intérieur. Il y avait longtemps qu'il n'avait pas ressenti ça envers quelqu'un. Tout en sachant que lui-même n'était pas prêt, il était heureux pour son ami. Il attrapa d'autres matériels puis les porta pour descendre la rampe et les ajouter au reste. Alors qu'il se tournait, Devlin lui lança un sac qui le fit reculer légèrement. Il roula les yeux, attrapa le paquet suivant en l'air et les balança tous les deux par terre.

Il se dirigea vers les grandes cantines métalliques qu'ils devaient décharger. Tandis qu'il prenait un tournant, une femme qui portait plus d'appareils photo qu'il ne devrait être autorisé d'en posséder, ainsi que plusieurs sacs, se mit à descendre la rampe pour sortir de l'avion. Il se dirigea vers elle pour lui prêter main-forte, mais elle pivota soudain, et un des appareils alla le heurter sur le côté du visage. Comme il était dur et suffisamment tranchant, Easton sut que ça avait laissé une marque. Il se déporta et ne tint pas compte de la douleur de sa joue.

— Oh, mon Dieu ! Je suis tellement désolée.

— Madame, fit-il en secouant la tête, vous avez besoin d'aide ?

— Madame ? répéta-t-elle, les yeux écarquillés, avant de branler du chef. Je m'appelle Summer. Summer Jones.

Elle lui tendit la main, mais celle-ci était pleine. Ayant l'air embarrassée un moment, elle fit passer le tout dans son autre main pour pouvoir lui serrer la sienne.

Cependant, il recula et lui indiqua d'avancer.

— On va sortir de cet avion.

— Merci beaucoup, lança-t-elle, radieuse. De nouveau, je suis navrée de vous avoir heurté avec mon matos.

— Vous n'êtes pas Canadienne, par hasard ? grogna-t-il.

— En réalité, dit-elle en riant, je suis une des rares à être binationale. Je suis à moitié Canadienne et à moitié Américaine.

Elle le contourna et le cogna de nouveau avec son sac.

— Vraiment désolée.

Elle ne semblait pas pouvoir arrêter de s'excuser. Easton prit un moment pour l'examiner vraiment. Petite, elle avait des cheveux d'un noir de jais qui, telle une calotte, définissait son visage, avec un sourire convivial et de grands yeux bleus. Il ne devrait même pas remarquer ces choses-là, mais on ne pouvait pas la manquer.

— Encore une fois, désolée, répéta-t-elle avec un rictus.

Puis elle disparut.

Il pivota vivement pour la voir descendre rapidement la rampe. Ce faisant, il remarqua le regard de Devlin.

— Intéressant. Elle t'a frappé sur la tête pour attirer ton attention. Même toi, tu devrais comprendre que c'est un signe.

— C'est son appareil qui a fait ça, éluda Easton, le regard noir. Ça ne compte pas.

Devlin lui adressa un autre sourire espiègle.

Easton saisit une des grandes caisses d'armes de quatre-vingt-dix kilos et la porta tout seul. Il devait évacuer sa frustration sur quelque chose. Débarder devrait faire l'affaire. Bien sûr, dès lors, les autres gars se précipitèrent pour prouver qu'eux aussi en étaient capables.

Dès que le matériel fut déchargé, les hommes remplirent l'arrière des Jeep et se rendirent à la partie importante de la base. Easton se réjouissait des deux prochaines semaines. La première serait réservée au travail dans le camp ; puis ils passeraient la seconde dans l'arrière-pays. Il lui tardait. Ce n'était pas une opération de la marine. Avec son unité, il allait rencontrer l'équipe homologue canadienne. Entraînement convivial, camaraderie et partage d'informations. Que du positif.

Non seulement les Canadiens avaient un nouveau gadget qui transformait l'eau salée en eau douce, qu'ils utilisaient dans leurs efforts humanitaires partout dans le monde, mais ils avaient une version bien plus petite dont ils se servaient lors de leurs déplacements dans l'arrière-pays. Ce qui signifiait que, quand ils se retrouvaient au large en mer ou quand la qualité de l'eau était loin d'être idéale, le dispositif la convertissait en eau potable.

De plus, être au Canada, c'était presque comme rentrer chez soi. Easton avait passé de nombreux étés ici. Cette fois-ci, il était dans le nord de l'Ontario, mais il avait voyagé d'un océan à l'autre. Il ne pouvait pas dire quelle partie était meilleure que le reste. C'était si différent.

À la base, c'était l'heure du dîner. Comme ils entraient dans le mess, ils rencontrèrent plusieurs autres unités militaires présentes pour le même événement – du genre apprenez-un-truc-tout-en-ayant-du-plaisir-à-rencontrer-votre-voisin. Il était bon là-dedans. Il n'avait encore jamais rencontré de Canadien qu'il n'aimait pas.

Au moment où il rejoignit la queue pour manger, quelqu'un se glissa entre lui et celui qui le précédait. Il mit un coup de frein pour ne pas la bousculer. Parce que bien sûr, c'était Summer de nouveau.

— Salut. Ravie de vous revoir, lança-t-elle en se retournant avec le sourire.

Easton lui jeta un regard noir. Elle semblait être le genre de personnes qui se trouvaient au mauvais endroit au mauvais moment, quel que soit le jour. Elle prit une assiette et la lui tendit.

Devlin se pencha derrière Easton.

— Il s'appelle Easton, et moi, c'est Devlin. Et voici Ryder et Corey.

Le rictus de Summer s'agrandit.

— Je suis la photographe de cet événement. En tout cas, en partie. Je me réjouis à l'avance.

Easton la tourna doucement pour lui montrer l'espace entre elle et le gars devant eux, qui ralentissait grandement la file d'attente.

— Oh, mon Dieu ! lâcha-t-elle.

Elle se dépêcha tellement qu'elle faillit heurter le type devant elle. Easton la rattrapa et lui indiqua plusieurs plats qu'elle avait ratés. Avec ses longs bras, il attrapa l'assiette de Summer et lui servit des légumes et une grosse pomme de terre.

Il lui tendit l'assiette, et elle regarda la nourriture, puis lui.

— Comment saviez-vous que c'était ce que je voulais ? le questionna-t-elle.

Il se contenta de la fixer des yeux.

— Merci, fit-elle après l'avoir observé un long moment.

— Ça vous arrive de dire autre chose ? la railla-t-il en

roulant les yeux.

— Oh, vous parlez ! s'exclama-t-elle. Je me demandais pendant un moment si vous étiez sourd et muet.

Devlin ricana dans le dos de Easton.

— Je ne suis certainement pas sourd, rétorqua celui-ci en secouant la tête. Je ne parle que quand quelque chose doit être dit.

— Oh, moi aussi ! renchérit-elle, joyeuse. Pourriez-vous me passer des couverts, s'il vous plaît ?

Easton observa l'endroit qu'elle désignait. Naturellement, les couverts étaient situés de l'autre côté de la double queue au buffet. Il tendit le bras et en saisit pour elle et pour lui, puis empoigna un pain rond pour lui-même.

— Ça a l'air délicieux. J'ai faim. J'ai manqué le déjeuner, confessa-t-elle, et j'ai vraiment besoin de manger, sinon ma glycémie tombe. Genre comme maintenant.

Il regarda son assiette à elle, déjà à moitié pleine.

Elle regarda sa nourriture, mais aussi le pain qu'il tenait à la main dont elle s'empara avant d'y mordre à pleines dents.

— Ça va ? s'offusqua Easton en plissant les yeux.

Elle hocha la tête rapidement, occupée à mâcher.

— Comme j'ai dit, il y a un moment que je n'ai pas mangé, répliqua-t-elle quand elle le put.

— Votre glycémie est si basse ? demanda-t-il en remarquant un tremblement dans sa voix.

Elle haussa les épaules et prit un autre morceau de pain. Son visage avait blêmi.

Il la considéra tandis qu'elle mangeait rapidement comme si elle en avait vraiment besoin. Il ne l'imaginait pas avoir si faim, ça devait être sa glycémie. Il avait plusieurs amis diabétiques et comprenait bien que le pain blanc n'était certainement pas la meilleure option. Mais il n'y avait pas beaucoup de choix dans une base. Avec environ deux cents hommes présents, elle aurait du mal à trouver autre chose. Un fruit ou du jus seraient certainement mieux, s'ils étaient disponibles.

Il fouilla du regard la queue qui s'était arrêtée juste avant la partie des viandes et repéra un bar à jus au centre de la pièce. Il se tourna, demanda à Devlin de lui garder son assiette et sa place, et se dirigea vers la table. Il y prit plusieurs bouteilles de jus, revint et en tendit une à Summer. Elle le dévisagea, les yeux de plus en plus grands, puis attrapa maladroitement la bouteille. Il lui saisit son assiette.

— Buvez, lui intima-t-il à voix basse.

Elle avait déjà débouché la bouteille et avala quelques gorgées. Quand elle eut fini, le contenant était aux trois quarts vide.

Elle resta sans bouger pendant un moment, comme si elle évaluait son état, puis lui sourit.

— Merci. C'était plutôt futé.

Elle rangea la bouteille dans une des nombreuses poches de sa veste. Puis elle récupéra son assiette et se mit un morceau de brocoli dans la bouche.

— Maintenant, je dois avaler un truc pour accompagner le jus qui clapote là-dedans.

Elle mangea un autre morceau et observa la nourriture pour voir ce qu'elle pouvait saisir d'autre.

— Prenez mon autre pain. Vous en avez besoin.

— Ça va aller. J'en prendrai après, fit-elle avant de regarder la viande avec envie.

— Prenez-le, dit Easton en lui déposant le pain dans l'assiette.

Elle s'en empara et croqua une autre grosse bouchée.

Il la dévisagea, abasourdi de la voir dévorer si rapidement. Du jus d'orange et deux pains ronds ne constituaient pas vraiment un repas sain.

— J'espère bien qu'ils vont m'en laisser, marmonna-t-elle, cherchant pourquoi la file d'attente n'avançait pas.

Derrière lui, Easton entendit Devlin ricaner de nouveau. Easton secoua la tête vers son ami. La queue progressa lentement. Devant se trouvaient plus de légumes, des salades et, finalement, les protéines. Il pensait qu'elle n'aurait plus de place, qu'elle aurait déjà trop mangé, mais elle chargea son assiette de rosbif, d'un morceau de poulet, ajouta de la salade avec un morceau de fromage sur le côté. Il y avait encore du pain, et elle en empoigna un au passage puis sortit de la file d'attente afin de chercher une place pour s'asseoir.

Si elle était seule, ce serait difficile de s'intégrer. Non pas que les militaires ne soient pas amicaux, mais ils se regroupaient dans ce genre de situation. Easton se servit le reste de son repas et attendit ses amis. Ils pivotèrent et examinèrent la pièce. Il y avait une table libre au fond. Ils se dirigèrent lentement dans cette direction, saluant quelques amis au passage. Ils connaissaient plusieurs des Canadiens et, bien sûr, beaucoup faisaient partie de sa propre section militaire. À table, Ryder lui donna un coup de coude.

— Quoi ? gronda Easton en l'observant.

Ryder fit un geste. Summer se tenait au milieu de la salle, toujours en quête d'une place pour s'installer. Elle n'était pas très grande, et il lui était difficile de voir loin.

— Vraiment ?

— Tu sais comment ça se passe, le railla Ryder avec un grand sourire. On va l'aider.

— Putain ! s'exclama Easton en flanquant son assiette sur la table, émettant assez de bruit pour que plusieurs personnes, dont Summer, tournent la tête.

Quand elle le vit, son regard s'éclaira. Mais remarquant son groupe, son sourire s'évanouit. Il lui fit signe de venir le rejoindre. Elle hésita, se retourna pour s'assurer que c'était bien à elle qu'il s'adressait.

— Par pitié, déplora-t-il.

Il alla vers elle, la prit par le coude et la conduisit jusqu'à sa table.

— Vous m'avez frappé le visage, marmonna-t-il. Vous avez mangé le pain qui était dans mon assiette et vous avez bu le jus que je vous ai donné. Autant vous asseoir à ma table et finir de manger.

— Merci beaucoup, déclara-t-elle doucement avec un sourire. J'étais un peu intimidée en cherchant une place.

Il indiqua un siège vacant de l'autre côté, mais à ce moment-là, Devlin s'y posa, laissant la chaise à côté de Easton être la seule vide. Il jeta un regard noir à ses potes ; eux arboraient de larges sourires.

— Je ne me rappelle pas qui sont vos amis, fit-elle en se tournant vers Easton.

Les hommes se présentèrent instantanément.

— Merci de me permettre de me joindre à vous, déclara-t-elle en s'asseyant.

— Les amis de Easton sont nos amis, répliqua Devlin tandis que les gars souriaient.

— Comme c'est gentil, lança-t-elle, radieuse.

SUMMER ÉTAIT RAVIE par Easton et ses amis. Ils étaient vêtus différemment des autres ici, mais elle n'osait pas poser la question. Le rang était une source de fierté, et elle ne voulait pas se tromper et les insulter. Une certaine aura aussi – une présence imposante – qu'elle n'avait pas remarquée autour des autres les entourait tous les quatre.

Elle se demanda pourquoi également. Deux centaines d'hommes et de femmes se trouvaient là. Ce n'était pas comme si elle avait des problèmes pour se faire des amis, mais c'était délicat de s'acclimater au début. Elle n'était pas sûre que Easton ait fait le premier pas de son plein gré ou si ses amis l'y avaient poussé, mais elle était reconnaissante malgré tout et soulagée aussi. Ça avait été déjà suffisamment mauvais qu'elle sente son énergie tomber. Elle ne savait pas si Easton l'avait vue tituber sur place ou pas. C'était un signe évident que sa glycémie était assez basse pour lui créer des soucis.

Elle avait subi ça de nombreuses fois, mais elle n'était ni diabétique ni pré-diabétique. Elle était toutefois sujette à de graves baisses de glycémie. Elle devait se stabiliser, manger régulièrement et éviter la malbouffe ou, dans ce cas-ci, les glucides simples – parce que ceux-ci aidaient à court terme, mais faisaient encore plus baisser le taux de glycémie à long terme. Manger du pain blanc allait causer des problèmes. Mais elle espérait ingurgiter suffisamment de nourriture stabilisante durant le reste du repas pour contrecarrer les effets secondaires. De plus, elle avait dû remonter sa glycémie, ou elle se serait évanouie dans la queue.

Elle ne pouvait pas croire qu'elle avait frappé ce pauvre homme. Son regard passa sur le géant près d'elle et se concentra sur la coupure de sa joue.

— Oh, mon Dieu, je vous ai fait ça ? haleta-t-elle avant de caresser doucement le sang séché.

Il se tourna pour la considérer et toucha lui-même sa blessure.

— Peut-être. Peut-être pas, éluda-t-il en recouvrant sa main de la sienne et en haussant les épaules.

— Si ça avait été ma joue, dit-elle, surprise, j'aurais voulu savoir quand et où.

— Avec une peau comme la vôtre, je n'en douterais pas, répondit-il en lui jetant un œil rapide. Mais je suis costaud, et j'y ai à peine fait attention.

Elle baissa la main et reprit sa fourchette.

— Je suis tellement désolée, murmura-t-elle.

— Vous l'avez déjà dit, la railla-t-il, laconique. Ce n'est pas grave. Je ne suis pas blessé.

— Bien, admit-elle, se sentant mieux. Je ne voudrais pas en être responsable.

Elle sentit que l'intérêt des autres pour leur conversation allait et venait. Elle leur adressa un grand sourire.

— Quand je suis sortie de l'avion, j'avais mes sacs et mes appareils photo. Easton s'est trouvé sur mon chemin. Quand je me suis retournée, un de mes appareils a dû le heurter alors que je descendais l'escalier.

Les hommes orientèrent leurs yeux vers la plaie de Easton.

— Ça va, tempéra-t-il avec un regard noir.

— Elle devrait peut-être t'emmener te le faire nettoyer, ricana Ryder.

Elle le dévisagea, soupçonneuse, mais s'interrogea intérieurement.

— Peut-être bien, approuva-t-elle, hésitante. Je ne voudrais pas que ça s'infecte.

Les trois autres hochèrent la tête plusieurs fois, mais à côté d'elle, Easton secoua la sienne lentement comme un taureau. Elle ne saisissait pas les allusions sous-jacentes. Elle ouvrit la bouche et s'y vit fourrer un morceau de pain. Elle jeta un regard noir à Easton tout en mâchant furieusement pour avaler et être en mesure de parler.

— Ça va. Je ne vais pas aller au poste de secours. Vous n'avez pas à vous excuser. Mangez, lui intima-t-il en lui retournant le même regard.

— Ça pourrait être pire que ce que vous pensez, rétorqua-t-elle après lui avoir rendu son regard, tout en continuant à mâcher.

Mais en fin de compte, on distinguait à peine ses mots.

Il l'observa, sourcils froncés, puis branla du chef.

— Ce que vous venez de dire n'est pas important. Tout va bien, insista-t-il.

Il reprit sa fourchette pour menacer de loin les trois autres, un par un.

— Laissez tomber.

Mais au lieu de se taire, ils arborèrent leur air le plus innocent, et l'un d'eux se frappa même le cœur comme pour indiquer qu'il ne ferait jamais rien pour blesser son ami.

Elle dévisagea les trois autres, puis Easton, et décida qu'il était trop dur avec eux.

— Vous devriez être plus gentil avec vos amis, Easton. Vous ignorez quand vous aurez besoin d'eux.

S'ensuivit un moment de silence choqué avant que les trois hommes ne s'esclaffent. Elle les observa, soupçonneuse, puis considéra de nouveau Easton. Il soupira lourdement, et elle comprit qu'ils le taquinaient tout simplement.

— De nouveau, je suis désolée, murmura-t-elle.

Mais cette fois-ci, il lui prit la main et la serra doucement.

— Ne le soyez pas. Ce sont mes amis, mes meilleurs amis. Quand j'aurai l'occasion de leur fiche une raclée, je le ferai, déclara-t-il avant de lui lâcher la main et de se remettre à manger.

Seulement, elle ne pouvait détacher son regard de sa main. Elle était si grande qu'elle avait totalement enveloppé la sienne. Et sa main à elle – douce, presque fragile en comparaison avec celle de Easton – formait un tel contraste qu'elle ne pouvait pas s'empêcher d'y penser. Incroyable.

Elle voulait de nouveau voir la main de Easton sur la sienne. Dans sa tête, son appareil était déjà en train d'établir le temps de pose et la vitesse d'obturation. Elle voulait vraiment une image de ce moment-là, avec simplement sa main à elle qui dépassait de l'abri constitué par la sienne. Instinctivement, elle saisit l'appareil qu'elle avait encore à son cou. Avec ses amis à leur table, elle se figea. Elle ne pouvait absolument pas lui demander de recouvrir sa main de nouveau. Ça pourrait vraiment créer une rupture. Elle était suffisamment excentrique pour la plupart des gens et trouvait très difficile de se distancier de sa passion.

Elle reposa lentement son appareil et se força à boire le reste de son jus ; elle finit la bouteille.

Easton lui adressa un rapide signe de la tête comme s'il était content d'elle.

Et bon sang, elle se sentit mieux.

Il pencha la tête et parla aux autres hommes.

Sa main était dans la même position que lorsqu'il avait couvert la sienne. Elle prit son appareil et l'examina à travers le viseur. Elle aimait tout dans la main de ce gars – l'angle de ses phalanges, la force des muscles visibles sous les articulations. La taille, même. Elle reposa le boîtier, constatant que les quatre hommes la fixaient des yeux.

Ses joues passèrent par toutes les nuances de rouge. Elle sentait la chaleur l'envahir par vagues. Elle afficha un sourire gêné.

— Je suis photographe, et les choses les plus curieuses attirent mon attention.

Malheureusement, ce qui attirait aussi son attention à ce moment-là semblait être lui.

CHAPITRE 2

SUMMER RETIRA LA carte SD de l'appareil et en inséra une autre. Elle rangea la première dans la poche de son gilet, la referma soigneusement, puis se remit au travail. Elle était photographe indépendante, sous contrat pour une société, engagée par l'armée afin de prendre des photos pour illustrer certaines de leurs nouvelles brochures. Cela faisait des années qu'elle travaillait pour Ross. Elle entretenait d'excellentes relations professionnelles avec lui.

Ces images seraient prises non seulement sur le sol américain mais aussi sur le sol canadien, où, des militaires étaient en train de suivre une formation sur la survie en plein air. Les Canadiens avaient apporté l'un de leurs nouveaux systèmes de réservoirs d'eau, au milieu d'autres gadgets technologiques. Summer devait se concentrer sur des photos de la camaraderie ambiante pour que les clichés montrent l'atmosphère des soldats travaillant ensemble, dans un but précis.

Elle avait conscience qu'un grand nombre de brochures seraient destinées aux ventes, tandis que d'autres encourageraient les jeunes à s'engager. Summer se moquait de savoir à quoi elles servaient, son travail consistait à prendre la bonne photo. Elle savait qu'elle aurait de la chance si une sur cent correspondait à ses critères. Dieu soit loué, le numérique existait. Elle prenait des milliers de photos puis en supprimait plus de 90 %. Pour l'instant, elle devait en faire le plus possible. Ce matin, elle photographiait le système de stockage d'eau. Pour l'heure, une équipe américaine et une équipe canadienne allaient se livrer à une partie de tir à la corde amicale.

Summer aperçut le pilote ayant assuré la dernière étape de son voyage et lui fit un signe de la main. Elle n'oubliait jamais un visage. Il la salua d'un signe de tête et rejoignit les autres spectateurs.

Les équipes s'alignèrent, prêtes à s'emparer de la corde. Qui allait tirer le plus loin sur la ligne de démarcation ? Les Canadiens avaient déversé de l'eau tout autour, s'assurant que personne n'ait de point d'appui solide. Ça allait devenir une lutte dans la boue, autour d'une corde. Summer souriait et jurait à la fois en photographiant aussi vite que possible la scène. Elle avait installé une caméra pour filmer l'ensemble du jeu. Il se passait tellement de choses qu'elle était cons-tamment en mouvement. Il y avait tant de choses à voir... Ce visage, ces mains tellement serrées autour de la corde qu'elles en devenaient blanches, la boue sur les genoux, les grimaces, des officiers qui riaient, d'autres qui applaudis-saient...

Les pom-pom girls postées aux côtés des équipes encou-rageaient leurs compatriotes. Summer leva les yeux et vit deux hommes debout, discutant de l'autre côté, l'air totale-ment désintéressé par le jeu. Elle les photographia. Rien de tel que les contrastes pour faire un bon sujet.

Summer continuait à bombarder. Les Canadiens ga-gnaient, les Américains pestaient.

Elle riait tellement qu'il lui devenait difficile de capturer l'instant. La boue volait dans toutes les directions. Summer essayait de rester hors de portée, mais à chaque pas, à chaque lutte et à chaque grognement, il semblait que plus de boue coulait.

Elle savait que, quel que soit le vainqueur, les deux équipes finiraient complètement embourbées. C'était une belle journée : soleil, ciel bleu, beaucoup d'arbres verts, de boue brune et, bien sûr, tous ces uniformes. L'équipe américaine était vêtue de bleu profond, la canadienne de vert. Summer ne connaissait pas la signification des uniformes, leur contraste coloré, mais l'artiste qu'elle était aimait ça.

Alors que le drapeau se rapprochait lentement du côté canadien, les gémissements devenaient forts et longs, tout comme les acclamations. Ses doigts étaient tellement occupés à prendre des photos qu'elle n'était même pas sûre de savoir où elle avait commencé et où elle s'était arrêtée. La victoire étant acquise pour les Canadiens, les équipes s'élancèrent l'une vers l'autre, faisant tomber leurs adversaires dans la boue. Le jeu continuait. Summer se redressa et fit un panorama complet, montrant les cris, de consternation et de joie, l'agonie de la défaite, les vivats du succès. Curieusement, à l'arrière-plan, un petit groupe de quelques hommes se montrait complètement désintéressé par ce qui se passait.

Summer ne comprenait pas comment cela était possible. En conséquence, elle dut capturer l'instant pour y réfléchir plus tard. Quoi qu'ils se disent, ils avaient la tête penchée, les mains levées pour mieux voir. Les téléphones étaient sortis, les numéros probablement échangés.

Il n'y avait pas de repos, pas de répit. Summer pensa qu'elle en aurait bien besoin… Lorsqu'une main se posa sur son épaule, elle poussa un cri et fit un bond de plusieurs mètres en arrière.

Un grand homme blond en uniforme sombre se tenait devant elle. Elle le regarda à deux fois. Easton. Bon sang, qu'il était beau. Instantanément, elle leva son appareil photo.

Tout aussi rapidement, il abaissa son bras.

Elle fronça les sourcils et se rendit compte qu'il lui tendait une bière fraîche.

— Tu as travaillé aussi dur que les autres. Tu en veux une ?

— Tu essaies encore de me nourrir ? répondit-elle en le taquinant.

— Pas vraiment. Tu n'as pas besoin d'aide dans ce domaine, ria-t-il.

Il désigna les caméras autour de son cou et le sac de toile rangé entre ses pieds.

— Que fais-tu ici ?

Summer haussa les épaules, puis but une longue gorgée, surprenant Easton en train de retenir une grimace. La bière était destinée à être bue glacée lors de ce genre de manifestation. Pour elle, c'était le seul moment où elle était acceptable. Il lui serait terriblement difficile d'avaler le reste. Elle lui rendit.

— Tiens. Finis-la.

Easton regarda la bouteille à moitié pleine, puis elle.

— Pourquoi ne la finis-tu pas ?

— Pour la même raison que tout à l'heure, la glycémie. Plus de la moitié et c'est l'hypo assurée.

Elle chercha à tâtons un autre objectif dans son sac. Après les avoir échangés, elle se tourna pour voir si les hommes debout à l'arrière-plan étaient toujours là. Ils seraient le cliché parfait pour tester son nouvel objectif dans cette lumière.

Summer leva l'appareil et commença à les photographier. L'un des quatre hommes se retourna, remarqua les appareils photo autour de son cou, puis fit signe aux autres.

Ils lui tournèrent le dos et s'éloignèrent. Alors qu'elle s'apprêtait à passer de l'autre côté, un énorme torse se présenta devant elle. Regardant toujours derrière le viseur, elle leva la tête pour voir de gros biceps, des bras croisés sur la poitrine. Elle continua à lever son appareil de plus en plus haut jusqu'à ce qu'elle s'arrête sur le visage d'Easton. Ses angles, sa mâchoire carrée, ses lèvres charnues… Ses doigts appuyaient de façon frénétique, de peur de rater les moments qui enchantaient l'artiste en elle.

Jusqu'à ce qu'Easton referme sa main sur son objectif.

Elle lâcha son appareil photo, le laissa pendre autour de son cou et s'écria :

— Hé !

— Je ne suis pas mannequin et tu n'imprimeras pas de photos de moi sur tes brochures, lui assena-t-il.

— C'est bien compris ? ajouta-t-il.

Un sourire de gamine se dessina sur le visage de Summer.

— Et pour ma collection privée ?

Un sourire réticent se dessina sur les lèvres d'Easton.

— Pas de photos. Nulle part. Pas moyen.

— Bon sang.

Summer lui lança un regard mauvais.

— Rabat-joie.

— Vraiment ?

Easton en resta pantois.

— De toutes les choses que tu pouvais dire, tu as choisi ça. Vraiment ?

— Je le dis souvent. Et alors ?

Summer lui tourna le dos, à la recherche d'une nouvelle action à immortaliser. Lorsqu'elle se retourna dix bonnes minutes plus tard, elle était seule. C'était une bonne chose.

Elle savait pertinemment qu'elle devait avoir la permission d'Easton pour garder des photos de lui, pour les utiliser, mais elle voulait vraiment en posséder quelques-unes, juste pour elle. Elle désirait plus que tout prendre une photo de sa main sur la sienne, comme il l'avait fait à table. Il y avait quelque chose de si attentionné, de si protecteur dans cette image qu'elle ne l'oublierait pas. Ça en disait long sur lui.

L'après-midi s'écoula rapidement. Elle travaillait, se penchait, appuyait, s'accroupissait, appuyait encore, se levait, changeait de position et appuyait de nouveau. Lorsqu'elle décolla enfin son visage de l'appareil, un soleil de fin d'après-midi brillait à travers les arbres, les poussières flottaient dans l'air illuminé par ses rayons. Summer se remit en action.

Lorsqu'elle lâcha finalement son appareil photo, se retournant pour retrouver l'endroit où elle avait laissé son sac, Easton le tenait à la main, l'air contrarié. Ses trois amis se tenaient à côté de lui, arborant de grands sourires. Summer sourit.

— Merci de l'avoir gardé. Où l'ai-je laissé ?

— Tu veux dire, où l'as-tu laissé cette fois-ci ?

Elle lui lança un regard mécontent et le lui arracha des mains.

— Il se pourrait que j'aie un problème avec le fait de semer mes affaires derrière moi.

Easton la dévisagea un long moment, étudiant son équipement et tous ses appareils photo autour de son cou, puis se mit à rire.

— On dirait dix touristes excentriques concentrées en une seule.

Summer posa son sac à terre et mit ses mains sur ses hanches.

— On a tous nos faiblesses. Je peux être un peu distraite

quand je suis accaparée par mon travail.

Ryder s'esclaffa.

— Ah bon ? Easton a rapproché ce sac de toi au moins une demi-douzaine de fois au cours des dernières heures. Heureusement que c'est le jour de l'orientation et qu'il avait le temps.

La mâchoire de Summer se décrocha.

— Vraiment ?

Elle grimaça.

— Je suis vraiment désolée d'avoir été méchante. C'était très gentil de ta part. Je ne devrais pas être aussi distraite, mais c'est difficile. C'est la lumière, les ombres. Elles captent mon attention. Je suis aspirée par mon art et perdue dans la créativité du moment. C'est comme si j'étais enchantée… Il faut que quelqu'un rompe le charme pour que je revienne à la réalité, expliqua-t-elle en toute sincérité.

Summer esquissa un léger sourire.

— Et je ne finis pas toujours là où j'ai commencé.

Cette fois, les militaires riaient ouvertement. Easton la regardait toujours avec insistance.

— C'est peut-être pour ça que ta glycémie est basse. As-tu mangé aujourd'hui ?

— Bien sûr que oui. J'ai déjeuné avec toi, idiot.

Easton secoua la tête.

— C'était le dîner d'hier soir.

Summer reprit ses esprits.

— D'accord, j'ai manqué le petit déjeuner. Je me suis levée tôt parce que la lumière était si fascinante que je suis sortie. Je suis revenue en courant à la tente, mais il était trop tard pour le petit déjeuner. Heureusement, j'avais encore des barres protéinées dans mes affaires. Je n'ai sûrement pas raté le déjeuner ?

Elle consulta sa montre et sursauta.

— J'ai raté le déjeuner, s'exclama-t-elle.

— On ne t'a pas donné une heure de passage pour aller prendre tes repas ?

Elle plongea dans son gilet à poches multiples et en sortit un morceau de papier qu'elle tendit aux soldats pour qu'ils l'examinent.

— Tu étais dans le bloc A. C'était le premier groupe.

Son estomac se mit à gargouiller et Summer commença à se sentir fatiguée.

— Quand est l'heure du dîner alors ? demanda-t-elle, redoutant la réponse. Il faut que ce soit bientôt. Sinon, je vais encore avoir des ennuis.

Elle était vraiment idiote. Elle était tellement passionnée par son travail que tout le reste glissait dans les recoins sombres de son esprit. Ses parents s'en plaignaient souvent, son frère se contentait d'en rire ou de se moquer d'elle. Le fait d'être indépendante lui donnait beaucoup d'avantages. Elle ne pensait pas qu'un employeur supporterait aussi facilement ses manies. Pourtant, en temps normal, ce n'était pas si grave. Elle mettait ça sur le compte de l'épuisement. Elle avait travaillé si dur pour préparer ses photos pour chacune de ses expositions qu'elle avait fait beaucoup de nuits blanches avant d'arriver à cette mission.

Ryder pointa du doigt la feuille de papier qu'elle avait sortie.

— Tu vois la ligne du bas ? Pour le dîner. Tu es de nouveau dans la section A.

Summer étudia le papier pendant un long moment. Peut-être était-ce à cause de la fatigue, mais cela n'avait aucun sens pour elle. Elle leva son regard vers lui.

— Traduction ?

— Oh, pour l'amour de Dieu.

Easton lui prit le bras tandis qu'elle attrapait le sac à ses pieds.

— On mange dans dix minutes. Tu viens avec nous. C'est la seule façon de s'assurer que tu manges. Sinon, je risque de te retrouver évanouie dans la boue.

— Ce n'est arrivé qu'une fois et j'avais été très malade. J'aurais dû manger plus à ce moment-là. J'aurais même dû rester chez moi, mais mon amie se mariait, je devais y aller, raconta-t-elle tandis qu'ils la traînaient vers la tente. D'ailleurs, vous ne mangez probablement pas à la même heure.

Easton s'arrêta pour la regarder et lui demanda d'une voix sourde :

— Où est ton dortoir ?

Summer fronça les sourcils. Elle se tourna vers les autres :

— Est-il toujours aussi grincheux ?

Corey s'étonna :

— En fait, c'est probablement le plus patient d'entre nous.

L'expression surprise de Summer se transforma en joie.

— Vous plaisantez, hein ?

Ils nièrent.

Elle renifla.

— Alors, je suis vraiment désolée pour vous parce que si votre mauvaise humeur et votre manque de patience sont pires que les siens… Waouh…

— Ça suffit.

Easton suivit des yeux la zone qu'elle pointait du doigt.

— Bien sûr, c'est à l'autre bout.

Il jeta un coup d'œil à son équipement.

— Ça te dérange de laisser tout ça dans ta chambrée pendant le dîner ?

— Oui. C'est hors de question, refusa Summer.

— Comment manges-tu avec tout ça autour du cou ?

Elle s'avança et ouvrit le sac qu'il tenait dans ses mains. Elle en extirpa un second sac carré pliable et commença à ranger très soigneusement tout le matériel photo qui était autour de son cou. Lorsqu'elle eut terminé, elle relia quelques boucles entre elles et les deux sacs n'en formèrent plus qu'un avec des bretelles. Summer s'en saisit et les passa sur ses épaules comme pour un sac à dos.

— Maintenant, allons manger. Cet équipement vient avec moi. Il contient des appareils d'une valeur de plusieurs dizaines de milliers de dollars, ainsi que les photos que j'ai prises tout à l'heure.

— L'ordinateur portable ?

— Il est au dortoir, répondit-elle l'air inquiet. Il devrait être en sécurité, n'est-ce pas ?

Les hommes échangèrent un coup d'œil, comme s'ils savaient quelque chose qu'elle ignorait. Elle tourna son regard de l'un à l'autre et s'approcha de Devlin.

— Qu'est-ce qu'il ne me dit pas ?

Devlin soupira.

— Un camp d'entraînement a été saboté, il y a quelques mois. Plusieurs drones, des logiciels et beaucoup de matériel de recherche ont été réduits en cendres. Une femme a également été tuée.

— Elle a été tuée ? murmura Summer, choquée.

Devlin acquiesça.

— On ne peut pas te donner tous les détails. Il faut juste que tu saches que des choses peuvent aussi arriver sur la base, comme à l'extérieur.

Summer répliqua, l'air altier :

— Alors, je ne laisserai certainement pas mes appareils photo là-bas. Allons manger, ensuite je retournerai travailler.

Elle tourna les talons et partit à toute allure. Une main se posa sur son épaule, la forçant à s'arrêter, avant de la faire pivoter.

— Tu te diriges dans la mauvaise direction. Le réfectoire est là-bas, dit sérieusement Easton.

Summer acquiesça docilement.

— Merci.

Et cette fois, elle attendit qu'il ouvre la marche, avant de le suivre.

EASTON NE SAVAIT pas si Summer marchait tout le temps comme un enfant, sans se soucier de la direction, juste contente d'aller de l'avant. Avait-elle le moindre sens de l'orientation ? Il maugréa, sachant que ses coéquipiers riaient intérieurement. Non, ça ne lui arriverait pas. Pas à lui. Il était également très perturbé par le fait qu'elle l'ait photographié comme elle l'avait fait. Il ne craignait pas que Summer voie quoi que ce soit qu'il ne souhaitait pas lui dévoiler, mais son commentaire sur une collection privée l'avait amené à se demander si elle faisait ça tout le temps. Prenait-elle aussi des photos de lui, ou des autres hommes, quand ils ne regardaient pas ? Il n'aimait pas ça, ce qui rendait ses actes encore plus inquiétants. Easton ne voulait pas se préoccuper d'elle, mais quelque chose en elle lui collait à la peau. Il ne pouvait s'empêcher de penser à Summer.

Il se retourna plusieurs fois pour s'assurer qu'elle était toujours derrière eux. À chaque fois, Easton surprenait le sourire de ses camarades. Il leur lança un regard noir, espérant que cela les ferait taire.

Comme ils n'avaient rien dit, Easton ne faisait probablement qu'empirer les choses.

Dans la tente, il la dirigea vers la file d'attente déjà formée pour le dîner. Il maintint fermement Summer devant lui et les autres se rangèrent derrière lui. Easton tenait son plateau et, pendant qu'elle regardait autour d'elle, remplissait son assiette.

Lorsque Summer se retourna pour voir ce qu'il faisait, plusieurs petits pains se trouvaient déjà sur son plateau, ainsi que du beurre et un gros morceau de fromage.

— Oh ! J'adore le fromage.

Plusieurs autres tranches atterrirent sur la petite assiette. Easton lui désigna les légumes qui se trouvaient devant elle. Summer se servit à la louche et s'inséra dans la file, prenant ce qu'elle voulait. Il était heureux de voir qu'elle était une grande mangeuse. Avec sa concentration et son manque total de sens du réel, comment pouvait-elle ne pas brûler des calories ?

Il avait déjà rencontré des artistes comme ça. Certains peintres, une fois qu'ils avaient commencé, ne s'arrêtaient jamais. Easton connaissait un auteur qui passait des jours à coucher les mots sur le papier, mangeant rarement, se nourrissant de caféine comme si c'était l'élément vital de sa muse, avant de s'arrêter pour respirer.

Lorsqu'ils atteignirent le bout de l'allée, son plateau était plein. Il lui manquait juste sa boisson. Easton la prit par l'épaule et, au lieu de lui parler, lui indiqua la table centrale où se trouvaient les boissons.

— Là-bas, ensuite.

Summer se retourna et, tandis qu'Easton s'assurait que le chemin s'ouvrait devant eux, ils se dirigèrent vers l'espace central. Easton plaça un jus d'orange et une bouteille d'eau sur le plateau de la jeune femme, puis fit de même sur le sien. Il vérifia que ses coéquipiers étaient derrière eux. Bien sûr, ils l'étaient, profitant du passage qu'il avait ouvert à travers la foule.

Devlin désigna le côté le plus éloigné et dit :

— Il y a une table libre là-bas.

Il ouvrit la marche, laissant les autres suivre.

Easton le suivit, en prenant Summer, et, derrière eux, Corey et Ryder fermaient la marche. Easton ne savait pas comment c'était arrivé, mais elle était soudainement devenue une membre de son groupe. En tant que tel, il ne la laisserait pas – ni elle ni personne – derrière lui.

À la table, ils s'assirent et s'attaquèrent au contenu de leurs plateaux. Summer mangea avec la même concentration et la même attention que celles qu'elle mettait dans ses photos. Elle avait beau être petite et passionnée par son travail, elle mangeait comme un camionneur. Easton la regarda engloutir tout ce qu'il y avait dans son assiette, y compris les petits pains et le fromage supplémentaire.

Lorsqu'elle s'enfonça dans sa chaise, repoussant le plateau, elle soupira :

— Oh, mon Dieu. Merci de m'avoir retrouvée.

— Tu vas t'évanouir dans les champs si tu ne manges pas correctement, dit Ryder avec un grand sourire.

Summer acquiesça.

— Je ne laisserai plus jamais cela arriver.

— Ça arrivera à chaque fois que tu te laisseras emporter par ton travail, commenta Easton d'un air amusé.

— J'adore le Canada, énonça-t-elle avec un grand sourire, comme si elle espérait changer de sujet. Mais je suis plus habituée à la côte ouest qu'à l'Ontario.

— Quelles villes se situent à l'ouest du Canada ? demanda Corey.

— Vancouver, notamment. Il y a quelque chose de particulièrement magique dans cette ville.

Une discussion s'ensuivit sur ce que les bases de Coronado et Vancouver avaient à offrir. Ayant visité les deux endroits à de nombreuses reprises, Summer avait fait des corrélations perspicaces entre les deux. Elle était tellement passionnée par Vancouver qu'Easton pouvait ressentir un sentiment d'émerveillement, juste en l'écoutant parler. Il voulait voir ses œuvres d'art, la façon dont elle voyait le monde. Le simple fait de l'entendre lui offrait un point de vue si différent qu'il ne pouvait imaginer ce qu'elle capturait dans ses photos.

— Tu fais plus que des brochures et des photos commerciales ?

Easton était un peu perdu, ne comprenant pas vraiment ce que son travail artistique impliquait.

Summer expliqua :

— C'est mon gagne-pain. Mais, j'expose également dans diverses galeries à travers le pays. L'exposition que j'ai baptisée Momentum est dans l'État de Washington, puis ira dans l'Oregon. Il faut que je parle à mon agent pour connaître la suite.

— Momentum ? demanda Corey.

Elle acquiesça.

— Oui. Le mouvement dans le monde et la façon dont tout cela s'assemble pour créer un élan. Si je pouvais faire ce travail tout le temps, j'adorerais ça ! Mais, je dois nourrir tous mes chats.

Easton interrogea, curieux :

— Combien de chats ?

Summer le regarda, navrée :

— Oh, ne me dis pas que tu aimes les chiens ?

— J'aime aussi les chats.

Il haussa les épaules.

— Mais tu ne peux pas éviter la question.

Elle saisit sa bouteille d'eau, l'ouvrit et en but une longue gorgée.

Easton attendit.

Ses camarades avaient raison, il avait de la patience à revendre. Summer savait que, d'une certaine manière, sa réponse était importante. Avec un gros soupir, elle dit :

— Tu ne vas pas me laisser partir avant que je ne réponde, n'est-ce pas ?

— Non.

— Eh bien, pour l'instant, j'en ai six.

Corey siffla.

Ryder gloussa.

Devlin chuchota :

— Pour l'instant ?

Dans une grimace, Summer précisa :

— Une est enceinte.

Easton gémit. Il était vraiment dans le pétrin.

— Laisse-moi deviner. Ce sont tous des rescapés ?

— Oui.

Elle se retourna, ravie.

— Comment le sais-tu ?

— Parce que tu es comme ça.

Le problème, c'est que lui aussi était comme ça. Pendant toute son enfance, avant qu'il ne rejoigne l'armée, il avait eu des animaux chez lui. Sa mère avait crié et tapé du pied, mais avait fini par le laisser garder tous ceux qu'il voulait. Il pouvait s'agir de tortues, d'écureuils, de chiens ou de chattes avec six chatons. Son but dans la vie avait toujours été de posséder une grande propriété et d'accueillir autant d'animaux que possible dessus. Il se doutait bien que le mot « possible » changerait au jour le jour dans son monde. Il lui jeta un coup d'œil et se demanda ce qu'elle penserait du fait de prendre des photos d'animaux. Surtout dans quelques années, lorsqu'il serait installé.

Quelque chose en elle lui fit réaliser qu'elle serait parfaite pour ce rôle : celui de se tenir juste à côté de lui.

CHAPITRE 3

ALORS QUE LES hommes finissaient de manger, un soldat s'approcha et tendit une note à l'un d'entre eux. Le document fut passé de main en main avant qu'ils ne se lèvent, la saluent d'un signe de tête et s'en aillent.

Easton lança :

— On doit y aller.

Summer finissait tranquillement son dessert et sirotait son café en les regardant s'en aller. Elle était triste de les voir partir, même si cela ne la dérangeait pas d'être seule. Ils étaient des visages familiers dans une mer d'étrangers. Surtout Easton, même s'il était plus grincheux qu'amical.

Au moment où elle décida de se rendre à son dortoir, deux soldats s'approchèrent de sa table et s'assirent face à elle. Ils portaient des uniformes. Elle observa leurs visages, mais ne les reconnut pas.

— Bonjour, dit-elle prudemment.

Les militaires la saluèrent d'un signe de tête ; l'un d'eux désigna son sac et lança :

— Tu as pris des photos toute la journée.

Summer sourit.

— Oui, je suis la photographe, je réalise un tas de brochures et de trucs pour les médias sociaux sur ce camp. Et de bon cœur !

— Mais tu as pris des photos d'autres choses que des

activités, non ?

Elle se concentra :

— Non, seulement des paysages. Tout le reste concernait les activités, les soldats d'ici.

Un silence s'ensuivit.

— Les images ne doivent porter que sur ce que tu as le droit de photographier, dit le plus jeune homme, méfiant. Les supérieurs n'aiment pas qu'on en prenne d'autres.

— Oh, toutes les photos seront approuvées avant d'être utilisées, leur assura-t-elle. Je fais ça depuis longtemps.

Si Summer pensait que ça les rassurerait, elle se trompait. Ils se contentèrent de la regarder placidement, durement. Elle ne comprenait pas très bien quel était le problème, mais manifestement un point sensible avait été touché. Ces hommes avaient peut-être une bonne raison de se méfier d'une étrangère, même accréditée. En pensant au type de missions qu'ils menaient, Summer comprenait qu'ils aient besoin de rester discrets.

Avec un petit sourire, elle s'excusa.

— Je vais y aller, merci.

Elle se leva et attrapa son sac, puis passa les bretelles sur ses épaules. Pour une raison ou une autre, la conversation de tout à l'heure avec Easton et maintenant avec ces hommes, la mettait plus mal à l'aise qu'elle ne l'avait jamais été sur une base. C'était dommage. Elle aimait vraiment être au Canada. Elle ne voulait pas que sa visite ici ait une connotation négative.

Elle rejoignit sa tente sans encombre. C'était spacieux et désert. Une fois à l'intérieur, elle s'installa confortablement sur son lit et alluma son ordinateur portable. Elle avait de nombreuses photos à télécharger. Son ordinateur à portée de main, elle ouvrit le premier appareil et se concentra sur l'écran. Elle faisait rapidement défiler les photos, supprimant celles qui étaient clairement de mauvaise qualité. Les décisions concernant les autres seraient prises une fois de retour chez elle, où elle disposait d'un équipement beaucoup plus complet. Transférer des centaines de photos de mauvaise qualité était inutile pour l'instant.

Ça prenait du temps, mais c'était un travail qu'elle affectionnait. Lorsqu'elle arriva à la deuxième carte SD, elle réalisa à quel point sa journée avait été remplie. Elle continua à examiner les photos. Grâce à ses années de pratique, Summer prenait immédiatement sa décision, déterminant si une photo méritait d'être conservée ou non. Elle cliqua, décida de garder la photo, puis passa à la suivante. Plusieurs furent écartées.

De nombreuses prises manquaient de la lumière appropriée, elles furent donc toutes envoyées à la corbeille, Summer se demandait si ces heures de travail acharné finiraient par porter leurs fruits. Finalement, elle trouva plusieurs photos de militaires, prises à l'endroit où elle avait changé d'objectif. Bien que correctes, elles ne semblaient pas particulièrement intéressantes. Cependant, l'arrière-plan des photos avait un certain potentiel. Elle continua jusqu'à ce qu'elle tombe sur les photos d'Easton et s'arrêta, un sourire aux lèvres. Waouh, ses pommettes étaient vraiment bien marquées. Sans parler de sa mâchoire.

Il avait une petite fossette à peine perceptible sur le menton. Elle découvrit, ensuite, une photo où il avait les bras croisés, le regard fixé sur elle. Il devait probablement penser qu'il avait l'air intimidant, mais à ses yeux, il ressemblait à un gros nounours protecteur. Ce style lui allait à merveille. Elle prit le temps de sélectionner les photos concernant Easton et supprima une trentaine d'entre elles. Elle savait qu'elle devait faire le tri, mais elle espérait avoir l'occasion d'en parler avec lui.

Lorsqu'elle en eut fini avec le téléchargement et le classement des photos dans le stockage en ligne, il était presque l'heure d'aller se coucher. Elle prévoyait de se lever tôt le lendemain pour en faire davantage et pour observer les équipes s'élancer pour leur course matinale. Elle répondit à quelques courriels, se prépara à aller dormir et éteignit la lumière. Elle avait pensé qu'elle partagerait sa tente avec quelqu'un, comme cela avait souvent été le cas par le passé. Cependant, cette fois-ci, elle se retrouvait seule. Cela ne la dérangeait pas, c'était juste un peu inhabituel.

Au moment où elle fermait les yeux, elle entendit des voix à l'extérieur. Des soldats se déplaçaient dans le camp toute la nuit. Elle n'avait aucune idée de ce à quoi ressemblerait cette semaine d'entraînement. Entourée de tant de défenseurs compétents de deux nations, elle se sentait en sécurité. Enfin, c'est ce qu'elle pensait, jusqu'à ce qu'elle se souvienne de la femme assassinée dont Devlin avait parlé. Summer ferma, de nouveau, ses paupières et tenta de s'endormir, mais les bruissements à côté de la tente la tenaient en éveil. Elle se retourna pour vérifier, il faisait si sombre qu'elle ne pouvait distinguer grand-chose. Il serait insensé que quelqu'un l'attaque, ici. Non, personne n'oserait. Après tout, elle se trouvait au milieu de centaines de militaires. Cependant, il lui fallut du temps pour trouver le sommeil.

Lorsqu'elle finit par s'endormir, ce fut d'un sommeil agité. Elle entendait des voix et des mouvements tout autour d'elle. Elle se réveilla à plusieurs reprises, se retournant, vérifiant l'heure sur son téléphone portable. À chaque fois, elle ne parvenait à dormir qu'une heure de plus.

— À ce rythme, la nuit va être sacrément longue.

Elle se retourna, tira la couverture contre sa joue et ferma les yeux. C'est alors qu'elle entendit… une respiration. Elle se figea, les yeux à moitié ouverts, essayant de déterminer d'où provenait le son. Elle était sur un côté de la tente, ce qui signifiait que la personne qui respirait pouvait être à l'extérieur. Du moins, c'est ce qu'elle espérait, car sinon cela signifiait que la personne était à l'intérieur. Comment était-elle entrée ? Avait-elle (ou avait-il) le droit d'être ici ? Il y avait de nombreux lits vides dans sa tente, alors, peut-être, que quelqu'un avait été affecté pour la partager avec elle, mais pourquoi personne ne l'en avait informée ? Si c'était un homme qu'elle ne connaissait pas, elle se fichait de savoir quand il était arrivé. Elle voulait juste qu'il parte.

Après tout, elle était ici pour travailler. La photographie était sa passion. Elle était la personne idéale pour ce travail. Mais, il était peut-être temps de finir cette mission et de partir. Allongée sur le sol, elle attendit que la respiration cesse. Au lieu de cela, elle ralentit, comme si quelqu'un s'était installé pour une longue attente. Ou bien, avait-elle (avait-il) sombré dans le sommeil ? Elle se retourna avec désinvolture, feignant de dormir. Elle jeta un coup d'œil entre ses cils, se déplaça juste assez pour observer les alentours. Tous les lits étaient vides.

Elle ferma les yeux. Puis soudain, elle bondit sur ses pieds et sortit de la tente en quelques secondes. Elle se heurta à une poitrine imposante, puis des bras l'entourèrent et la soulevèrent. Summer ouvrit la bouche et cria.

EASTON EUT À peine le temps de réagir avant d'être percuté par une personne de petite taille qui se déplaçait à grande vitesse. Il l'enlaça alors qu'elle criait.

— Summer. Doucement, Summer. C'est moi, Easton.

Il lui était difficile de lui parler, car elle tremblait et criait comme une folle. Les gens accouraient pour voir ce qui se passait. Easton ne parvenait pas à la calmer. Finalement, il lui saisit doucement une poignée de cheveux, inclina sa tête vers l'arrière et posa sa bouche sur la sienne.

Summer se calma.

Il la serra dans ses bras, approcha sa bouche de son oreille et lui dit :

— C'est bon maintenant. Je suis là.

Elle enfouit son visage contre sa poitrine, s'accrochant à lui pour se rassurer. Jetant un coup d'œil rapide aux alentours, constatant tous les curieux, il entra dans son dortoir, la portant. Devlin le suivit ainsi que Ryder et Corey. Ils refermèrent le rabat de la tente alors qu'Easton l'installait sur le lit, qui semblait être celui où elle avait dormi.

— Calme-toi et dis-moi ce qui ne va pas.

Summer éclata en sanglots, haletant, se frotta le visage comme une enfant et le fixa, les yeux grands ouverts. Alors qu'Easton pensait qu'elle allait parler, elle passa ses bras autour de son cou et le serra fort. Il lui frotta doucement le dos et attendit. Ses équipiers se dispersèrent pour vérifier s'il y avait quelque chose d'anormal. Les serpents n'étaient pas rares au Canada et le pays était bien connu pour ses veuves noires, mais pas aussi au nord, normalement. Cela n'aurait certainement pas dû suffire à faire perdre son sang-froid à une photographe qui avait passé des mois dans la nature.

Les autres hommes se regroupèrent dans un coin. Il voulait les appeler et leur demander ce qu'ils avaient trouvé, mais il ne voulait pas inquiéter Summer. Finalement, elle lâcha un grand soupir et se blotti davantage contre lui.

— Merci d'être venu, dit-elle d'une voix si formelle que les lèvres d'Easton se retroussèrent.

Il n'osa pas lui avouer qu'il s'était retrouvé devant sa tente, à cette heure de la nuit, par pur hasard. Il avait participé à une compétition qui consistait à retrouver l'équipe adverse cachée dans la base. Un jeu d'adresse, sans armes, pour le plaisir et le défi. Il ignorait même quelle était, précisément, sa tente. Cependant, il était soulagé que ce soit lui et non quelqu'un d'autre qui l'ait interceptée. Il ajusta légèrement la position de la jeune femme, puis inclina son visage pour pouvoir l'étudier.

— Es-tu prête à me dire ce qui se passe ?

Summer jeta un coup d'œil à son équipe.

— Quelqu'un est entré dans ma tente.

Easton se redressa et la scruta. Elle semblait calme et rationnelle, sortie des affres d'un cauchemar.

— À l'intérieur de la tente ? As-tu un colocataire ?

— Non. Pas que je sache. Je n'ai rencontré personne. L'intrus n'était pas dans un lit, il n'a rien dit.

Summer indiqua le coin le plus éloigné.

— Il était là-bas.

— C'était un homme ? L'as-tu vu ?

Elle secoua de nouveau la tête.

— Es-tu sûre d'avoir entendu quelqu'un ici ?

Elle lui prit le visage, l'inclina vers le bas pour pouvoir le regarder dans les yeux.

— Oui, parce que j'entendais sa respiration. Je me suis réveillée lorsque j'ai entendu un bruit. Et alors que j'étais allongée à réfléchir, j'ai entendu une respiration forte, une respiration masculine, venant de là.

Elle leva son bras et pointa l'angle.

— Je me suis retournée et j'ai regardé les lits, mais il n'y avait personne. Puis la respiration s'est intensifiée, comme si la personne se rapprochait.

Elle inspira profondément, ferma brièvement les yeux, puis continua.

— J'ai rassemblé mon courage et j'ai crié à l'aide.

Devlin, Ryder et Corey s'approchèrent d'Easton. Il remarqua leurs airs préoccupés.

— Qu'avez-vous trouvé ?

— Le coin de la tente, près du sol, est déchiré. Nous ne pouvons pas prouver que cela vient de se produire, avertit Ryder. Mais il est endommagé. L'ouverture est suffisamment grande pour que quelqu'un puisse se glisser en dessous, discrètement. Nous ne pouvons pas confirmer si quelqu'un est entré ou sorti, mais il y a des empreintes de pas à l'extérieur, dans cette direction. Nous avons trouvé une zone éraflée comme si quelqu'un s'était glissé en dessous.

— Il n'y a pas d'empreintes de pas à l'intérieur, précisa Corey en souriant doucement à Summer.

Celle-ci secoua la tête.

— Je sais que quelqu'un était là. Je suppose que lorsque j'ai crié à l'aide, il est sorti derrière moi ou s'est échappé par l'endroit où il était entré.

— C'est possible, reconnu Easton.

— J'avais peur que vous pensiez tous que j'étais folle, avoua-t-elle. Je déteste me sentir ainsi, mais j'ai besoin que vous confirmiez que ma peur était logique, raisonnable, que je n'agissais pas comme une idiote.

— Même si c'était un cauchemar, dit Easton à voix basse. C'est compréhensible. C'est tout ce qu'il faut savoir. Il n'y a rien de stupide à avoir peur.

Elle poussa un gros soupir et approuva, puis marmonna :
— Merci.

Surprenant Easton, Summer s'effondra de nouveau contre sa poitrine et se lova contre lui.

Elle bâilla et affirma :

— Je devrais pouvoir dormir maintenant.

Sa respiration se calma comme si elle s'était déjà endormie. Il la regarda, dubitatif et tourna son regard vers les autres. Ils sourirent. Il fronça les sourcils. Leurs sourires s'élargirent. Il la poussa pour l'allonger sur son lit, mais elle passa ses bras autour de son cou et le serra contre elle.

— Tu as besoin de dormir.

— Oui, j'en ai besoin.

Elle maintint sa prise autour de son cou.

Il essaya à nouveau.

— J'ai besoin de dormir.

Elle murmura :

— J'ai compris.

Il attendit encore quelques minutes qu'elle se rendorme, espérant qu'il pourrait peut-être démêler ses bras et la faire s'allonger. Mais à chaque nouvelle tentative, elle resserrait son étreinte. Même dans le sommeil, elle s'accrochait à lui.

Corey dit avec un visage impassible :

— Tu ferais aussi bien de t'allonger, Easton. Vous avez, tous les deux, besoin de dormir.

Ryder gloussa doucement.

— Si je reste pour monter la garde, alors vous aussi, s'emporta Easton. Il y a beaucoup de lits disponibles, allez-y.

Ils le fixèrent pour voir s'il était sérieux et, lorsqu'ils réalisèrent qu'il l'était, ils gémirent et répondirent à l'unisson :

— Très bien.

Chacun prit un lit, s'étira et ferma les yeux. Easton déplaça Summer dans ses bras, l'allongeant sur le côté, puis lui détacha les bras et la serra contre lui. Lorsqu'elle grogna et tenta de se retourner à nouveau, il murmura :

— Tout va bien. Dors. Je suis là.

Comme si elle en doutait, elle resta immobile pendant un long moment, puis se détendit et s'endormit. Maintenant qu'il était libéré, il se demandait s'il pouvait partir, mais en même temps, il avait promis de rester. Easton se pencha légèrement en arrière pour mettre un peu de distance entre eux et ferma les yeux. Presque instantanément, le corps de Summer vint se plaquer contre le sien. C'est ainsi qu'ils dormirent, blottis l'un contre l'autre pour le reste de la nuit.

— Easton ?

Son regard se porta sur Devlin, debout au milieu de la tente, les mains sur les hanches alors qu'il l'étudiait. Ryder et Corey étaient assis sur les lits où ils avaient passé la nuit, se frottant le visage et bâillant.

— Qu'est-ce qui s'est passé ?

Il allait demander à Devlin de chuchoter, quand il réalisa que pendant son sommeil, Summer avait disparu.

— Qu'est-ce que c'est que ce bordel ?

Les deux autres hommes le regardèrent, Ryder demanda :

— Où est-elle ?

— Je n'en ai aucune idée. Je me suis endormi.

Les trois hommes se regardèrent les uns les autres, puis le scrutèrent.

— La vraie question est de savoir si elle est partie de son plein gré ou si elle a été kidnappée.

Ils quittèrent la tente en courant pour le découvrir.

CHAPITRE 4

SUMMER S'ARRÊTA ET sourit. Hésitant même à respirer, elle observa le petit oiseau construire son nid. Elle s'approcha un peu plus. Elle voulait capturer le nid et les bébés innocents qui s'y trouvaient. Son désir était de s'approcher suffisamment pour les admirer tous.

Changer d'objectif n'était pas une option viable. Elle savait qu'au moindre mouvement, la mère s'envolerait. Elle devait s'assurer que l'oiseau n'abandonnerait pas ses bébés. Elle prit une photo, puis avec un sourire béat, se retira lentement.

C'était une belle matinée lorsqu'elle s'était éveillée. Blottie contre la poitrine d'Easton, elle avait ressenti une profonde sérénité, une tranquillité. Après tout ça, elle avait dormi profondément, bercée dans ses bras. À la lumière du petit matin, il était facile de considérer l'horrible incident de la nuit précédente comme un mauvais rêve. Pourtant, elle se souvenait encore d'avoir été pétrifiée, écoutant le souffle distinct d'un étranger. Puis lorsque les bras d'Easton l'avaient enveloppée, sa respiration était devenue une source de réconfort.

Résolue à ne plus perdre la notion du temps, elle consulta sa montre. Le petit déjeuner était prévu dans les vingt prochaines minutes. Elle agença soigneusement ses sacs, toujours solidement attachés entre eux. Elle les lança sur son épaule et reprit le chemin de la base. Le soleil brillait de mille feux. Elle inclina son visage vers les rayons chauds et sourit. C'était une matinée resplendissante. Elle avait été tentée de rester lovée dans les bras d'Easton, mais elle savait que cela le gênerait beaucoup. Profitant de l'occasion, elle s'était éclipsée pour travailler une heure ou deux.

Elle marchait dans l'herbe haute, contemplant les alentours, s'émerveillant de la beauté naturelle des bois. Soudain, entre les arbres, elle aperçut quelque chose. Elle s'arrêta, scrutant la zone, mais ne put discerner ce qui avait attiré son attention. Elle continua à avancer, alors qu'une étrange sensation d'être observée l'envahissait. Elle accéléra légèrement, lançant un coup d'œil derrière elle tous les deux ou trois pas. L'effet s'intensifiait. Elle observa la clairière. L'orée, devant elle, la mettait mal à l'aise, n'importe qui pouvait s'y cacher. La nuit précédente, elle n'avait pas pu se débarrasser de l'impression que quelqu'un l'épiait dans sa propre tente. Et maintenant, avec ce sentiment effrayant de picotements sur toute sa peau, c'était la même chose.

En s'approchant des arbres, elle scruta la zone, guettant l'arrivée de quelqu'un de la base. Elle aurait préféré être en groupe en ce moment, ne pas être isolée. Cependant, elle n'avait pas d'autre choix que de traverser ce bosquet pour rentrer. Lorsqu'elle était partie ce matin, cela semblait être une belle rangée de verdure, mais maintenant c'était plutôt une barrière, quelque chose qu'elle devait franchir pour se retrouver en sécurité de l'autre côté.

Elle était encore à une centaine de mètres lorsqu'elle chercha un passage. Elle ne pensait pas que la forêt était très dense. Elle se souvenait qu'il ne lui avait fallu que quelques minutes pour la traverser à l'aller. En approchant, elle choisit un sentier, prit une grande inspiration, puis s'élança. De l'autre côté, elle soupira de soulagement en découvrant le camp devant elle. Elle ralentit légèrement le pas, tout en continuant d'avancer. Il était probable qu'elle serait en retard pour le petit déjeuner.

Elle pénétra sur le terrain militaire et rejoignit sa tente. En y entrant, elle la trouva déserte. Elle en fut contrariée. Elle avait espéré, pour une raison ou une autre, que les hommes seraient encore là. Ils étaient les seuls visages amicaux qu'elle connaissait, ici.

Bien sûr, ils étaient probablement partis prendre leur petit déjeuner. Un repas qu'elle oubliait constamment. Toujours équipée de son sac à dos, elle se dirigea vers le réfectoire de campagne. Une fois arrivée, elle fit la queue avec les autres membres du groupe A, les premiers servis. Lorsqu'elle atteignit le buffet, elle choisit rapidement, prit un café et chercha un endroit où s'asseoir. À l'intérieur, elle espérait qu'Easton la repérerait. Cependant, personne ne prononça son nom. Elle reconnut son pilote, Robbie, et lui fit signe de la main. Il lui rendit son salut, mais ne l'invita pas à se joindre à lui. Elle ne reçut pas non plus de regard avenant des autres militaires déjà installés autour de la grande tente.

Elle trouva une table vide à l'extrémité et commença son petit déjeuner. Personne ne lui adressa la parole, elle non plus n'engagea pas de conversation.

Lorsqu'elle eut terminé, elle débarrassa sa place et retourna à son dortoir. Se sentant mal à l'aise, ne sachant pas exactement quoi faire, elle consulta son emploi du temps et se rendit compte qu'elle avait prévu de prendre des photos de la séance d'entraînement du matin… qu'elle avait ratée.

Elle murmura doucement, se réprimandant.

— Ce n'est pas acceptable.

C'était l'une de ses missions, elle devrait l'accomplir le

lendemain matin, sinon elle serait en difficulté.

Elle vérifia tout son matériel, puis ficela de nouveau ses sacs et sortit. La journée était remplie de formations sur la signalisation, la navigation avec ou sans carte d'évasion, la sélection d'itinéraires et même la construction d'abris. Ils allaient apprendre la survie en milieu sauvage, la fabrication de pièges et de collets, l'approvisionnement en nourriture et en eau, la préservation et même la création d'équipement improvisé. Ces cours semblaient très intéressants. Elle ferait de son mieux pour se rattraper demain matin. Son étourderie était devenue légendaire. Auparavant, elle était vigilante et attentive. Elle avait délibérément pris garde à l'heure du petit déjeuner, mais elle avait omis de tenir compte de l'exercice du matin.

Summer retourna rapidement à l'extérieur pour se rendre au champ de tir, où les militaires apprenaient à fabriquer des armes improvisées. La matinée s'écoula rapidement, alors qu'elle passait d'une activité à l'autre, prenant des photos sous tous les angles.

Elle avait vraiment envie de photographier les soldats qui travaillaient sur le nouveau système d'approvisionnement en eau, de l'autre côté de la base. Lorsqu'elle jugea qu'elle disposait de suffisamment de lumière changeante, elle se dirigea vers la partie de la base où elle pourrait prendre les meilleures photos à cette heure de la journée. Elle installa un trépied et observa la séance de formation sur les nouveaux réservoirs d'eau. Les militaires prélevaient de l'eau dans des ruisseaux et même des nappes phréatiques pour la traiter grâce à ce système, conçu pour purifier n'importe quelle source, y compris l'eau salée et la rendre potable.

Alors qu'elle étudiait la scène, les instructeurs démontè-rent l'une des grosses unités et montrèrent aux stagiaires comment la réassembler. Lorsqu'ils eurent terminé, ils la démontèrent de nouveau et s'écartèrent pour laisser le soin aux équipes de s'exercer. À ce moment-là, elle se leva, prit ses appareils photo et s'approcha. Les regards, les discussions et la concentration étaient impressionnants. Elle passa plusieurs heures ici, puis réalisa qu'elle avait faim. Elle consulta l'heure et murmura une exclamation.

Heureusement, elle avait emporté beaucoup de barres protéinées, car elle avait encore oublié le déjeuner. Elle les grignota pour apaiser sa faim.

Pendant les deux heures suivantes, Summer erra, désireuse d'en apprendre davantage sur le système d'approvisionnement en eau. Lorsque le groupe de stagiaires passa à un autre exercice, elle retourna à ses affaires, qui avaient encore été déplacées. Elle jeta un coup d'œil autour d'elle, sentant la panique monter. Elle avait laissé le trépied à quelques mètres du banc et fut soulagée de le retrouver à sa place.

En examinant les alentours, elle aperçut un homme portant ce qui semblait être ses sacs. Laissant son trépied à sa place, elle se précipita vers lui. Alors qu'il s'apprêtait à entrer dans une tente, elle réalisa qu'il s'agissait bien de son sac. Elle le secoua vigoureusement pour l'arracher de l'épaule de l'homme.

Le militaire fit volte-face et la fixa.

— Hé, qu'est-ce que vous faites ?

— Je récupère ma propriété, merci, répondit-elle d'un ton sec.

Perplexe, il la regarda, ainsi que les sacs.

— Ils sont à vous ?

Elle acquiesça.

— À qui d'autre appartiendraient-ils ? Ils étaient à côté

de moi toute la journée lorsque je prenais des photos.

— Je les ai repérés, abandonnés au milieu du champ, protesta-t-il. Je les emmenais au bureau des objets trouvés.

Summer n'était pas certaine de le croire. Son matériel avait déjà été volé, ce qui la rendait méfiante quant à son histoire. Cependant, cela ne signifiait pas nécessairement qu'il mentait.

— Eh bien, ils ne sont pas perdus et ils ont été retrouvés. C'est mon équipement.

Elle lui désigna les étiquettes au bas du sac, avec son nom et sa photo d'identité.

Il leva les mains.

— Pas de souci. Désolé.

Répondant d'un murmure, elle retourna rapidement à son trépied, soulagée qu'il soit toujours à sa place. Sentant que l'atmosphère avait changé lors de cette rencontre, ce qu'elle n'appréciait guère, elle le rangea rapidement et se retira un peu plus loin.

Il y avait plusieurs troncs d'arbres juste à l'extérieur de l'enceinte de la base. Elle s'assit sur l'un d'eux, à l'écart de l'endroit où tout le monde travaillait. Summer souhaitait que les choses redeviennent normales. Elle avait séjourné dans de nombreux camps, personne n'avait jamais ramassé ses affaires pour les apporter au bureau des objets trouvés. Pourquoi un tel bureau existerait-il ? Les équipes ne restaient que quelques semaines. Et elle était probablement la seule photographe indépendante de la base.

Elle sortit une barre protéinée de sa poche et la dégusta lentement. Elle avait une bouteille d'eau cachée quelque part dans son barda. Elle la retrouva, dévissa le bouchon et but une longue gorgée. Il était déjà tard, presque seize heures. Elle étudia les angles du soleil et les ombres des arbres. Elle pouvait encore prendre quelques photos aujourd'hui avant de perdre la bonne luminosité.

Summer n'avait pas de garantie sur la durée de son séjour ici. Pour ce qu'elle en savait, elle pourrait être rappelée dès ce soir. C'était son patron qui prenait cette décision. C'est avec cette idée en tête qu'elle avala la fin de sa barre protéinée et une gorgée d'eau, avant de retourner à ses photos. Sentant qu'un changement était imminent, elle passa les heures suivantes à saisir les scènes de la vie quotidienne sur la base. Les rires, les blagues, les sourires, l'épuisement, les regards furieux de ceux qui n'avaient pas atteint leurs objectifs. Capturer tout cela était un défi.

— Tu viens dîner ?

Summer se retourna, surprise. Pour la première fois depuis qu'elle s'était réveillée dans ses bras, elle se retrouvait face à face avec Easton.

Elle lui sourit.

— Je ne t'ai pas vu de la journée.

Il haussa un sourcil.

— Tu viens dîner ?

Elle acquiesça.

— Je crois que j'en ai fini ici pour l'instant.

Elle observa les alentours.

— Où sont tes amis ?

— En route pour dîner.

Summer remballa rapidement ses derniers appareils.

— Merci d'être venu me chercher. J'ai encore raté le déjeuner, avoua-t-elle.

— Tu as besoin d'un gardien.

— Je ne suis pas sûre que ce soit une bonne idée.

Ils atteignirent la file d'attente où ils trouvèrent Ryder et Corey qui les attendaient.

— Qui a besoin d'un gardien ? demanda Corey.

Sa voix était basse, confortable, détendue.

Summer haussa les épaules.

— Easton pense que j'ai besoin d'un gardien parce que j'oublie toujours des choses simples, comme l'heure du déjeuner ou du dîner, répondit-elle avec un demi-sourire.

— Gardien… Ce mot a un peu plus de sens que tu ne le penses, dit-il en la poussant légèrement pour qu'elle prenne place dans la vague de gens qui se déplaçait.

Elle n'eut jamais l'occasion de demander ce que cela signifiait. Mais, elle remarqua que son pilote était dans la file d'attente avant elle.

— Bonjour, Robbie.

Il se retourna, lui fit un signe de tête et salua les hommes qui l'accompagnaient d'un geste du menton.

Lorsqu'ils atteignirent les comptoirs, elle était plus qu'heureuse de suivre le mouvement. L'équipe d'Easton lui rendait la vie beaucoup plus facile, c'était certain.

Elle sortit son téléphone juste avant de s'asseoir. Toujours pas de message de son patron. C'était peut-être une bonne chose. Elle devait admettre qu'elle avait l'impression que son voyage allait se terminer rapidement. Ou peut-être en avait-elle envie. Par contre, elle ne verrait plus Easton, et ça, ça ferait mal. Rangeant son téléphone, elle jeta un coup d'œil aux hommes.

— Je n'ai vu aucun d'entre vous depuis mon réveil ce matin. Comment s'est passée votre journée ?

Il y eut un silence autour de la table. Summer leva les yeux du pain qu'elle beurrait pour les voir tous regarder Easton. Elle le scruta et fronça les sourcils.

— Qu'est-ce que tu as ?

— Rien, répondit-il.

— Il est furieux que tu aies quitté le lit sans qu'il le sache. Il se targue d'avoir le sommeil léger.

Elle se récria.

— Il dormait comme un bébé. Je ne voulais pas le déranger, expliqua-t-elle doucement. C'est vraiment très gentil de ta part de t'être occupé de moi la nuit dernière. Le moins que je pouvais faire, c'était de te laisser te reposer.

Les autres acquiescèrent solennellement. Mais, tout ce qu'elle entendit de la part d'Easton fut un demi-soupir, demi-grognement.

Elle se retourna vers lui.

— Qu'est-ce que j'étais censée faire ? Attendre que tu sois réveillé ? Impossible. Je ne pouvais pas faire ça.

Easton lui désigna son assiette.

— Mange.

Considérant que c'était peut-être la meilleure option, Summer reporta son attention sur sa nourriture.

EASTON S'EFFORÇA DE ne pas la surveiller de près pendant qu'elle mangeait. S'il aperçut du coin de l'œil le mouvement de sa fourchette, il se contenta de l'ignorer, car elle semblait suivre ses ordres. Lorsqu'il se recentra sur ses équipiers, ce fut pour découvrir de grands sourires. Il se renfrogna, surtout contre Corey. Mais cela eut l'effet inverse de celui qu'il souhaitait. Corey se mit à rire.

Summer les étudia, s'arrêta un long moment, puis demanda :

— Qu'y a-t-il de si drôle ?

Corey n'était plus en mesure de lui répondre. Il secoua la tête et essaya de contrôler son rire. Le problème, c'est que les autres étaient dans le même état.

— Il a ces crises de temps en temps, dit Easton. Essaye d'être compréhensive.

Les autres se mirent, alors, à rire comme Corey, d'un rire contagieux. Elle les regarda tous avec méfiance, puis se tourna vers Easton.

— Est-ce qu'ils se moquent de moi ?

Easton répondit, sceptique :

— Non, ils ne se moquent pas.

— On dirait.

Elle les observa. Les hommes étaient en plein fou rire, incapables de se contrôler.

Easton enfourna sa dernière bouchée, attendit d'avoir fini de mâcher, jeta sa fourchette et son couteau sur l'assiette et recula. Comme elle n'avait toujours pas recommencé à manger, il lui désigna à nouveau son assiette.

— Mange.

Summer se retourna vers lui.

— Pourquoi se moquent-ils de moi ?

— Ils ne se moquent pas de toi. Ils se moquent de moi.

Il approcha son visage très près du sien, s'assurant qu'elle se détourne et mange à nouveau.

Au lieu de cela, elle prit sa fourchette et la tint comme un couteau, menaçant de poignarder sa main sur sa chaise.

— Pourquoi se moqueraient-ils de toi ?

Il regarda sa fourchette avec étonnement.

— Tu vas me poignarder ?

— Pour t'empêcher de me donner des ordres, oui, répliqua-t-elle.

Il la contempla. Elle lui rendit la pareille.

Finalement, il s'affaissa sur sa chaise et lui fit face.

— Tu as faim. Tu ne prends pas soin de toi. Quelqu'un doit s'assurer que tu aies le ventre plein.

— Qui a fait de toi mon gardien ?

— C'est toi.

Elle se recula légèrement, le regarda d'un air confus, puis s'installa dans sa chaise.

— Ils se moquent de nous deux, n'est-ce pas ? demanda-t-elle d'un air sombre.

Il acquiesça.

— Oui.

Ensemble, ils fixèrent les trois hommes, qui avaient maintenant cessé de rire, mais arboraient toujours un grand sourire.

Devlin dit :

— Easton, j'approuve totalement.

Easton réfuta silencieusement, outré.

— Je suis mieux placé que quiconque ici pour le savoir, ajouta Devlin calmement. Et je dois te dire que c'est très sérieux.

Easton se figea instantanément.

— Oh que non.

— Bien sûr que si, affirma Ryder. Même moi, je peux le voir.

Easton nia, mais cela n'eut aucun effet. Il repoussa sa chaise et se leva, les regarda tous avec insistance et énonça d'un ton sec :

— Bien sûr que non.

Il fit demi-tour et sortit de la tente.

— Easton ?

Il ignora la voix interrogative de Summer. Dehors, il s'arrêta à quelques mètres de l'entrée principale, les mains sur les hanches et jeta un coup d'œil au monde qui l'entourait. Il n'en était pas question. Elle n'était pas la femme de ses rêves. Elle était tout le contraire. Il voulait quelqu'un qui sache prendre soin d'elle-même. Quelqu'un qui voulait faire partie de sa vie, mais qui n'avait pas besoin qu'on s'occupe d'elle. Il voulait quelqu'un qui…

Une petite main se glissa autour de son avant-bras. Il fixa les longs doigts fins et sut qu'il ne pouvait s'agir que d'une seule personne. Summer. Il gémit doucement.

— Est-ce que j'ai fait quelque chose qui t'a contrarié ?

Elle se tint devant lui, si bien qu'il n'eut d'autre choix que de la regarder. Elle le considérait avec sérieux.

— Je ne veux pas te faire de mal. Il m'arrive de perdre mon sang-froid, lui confia-t-elle. Mais je ne pense pas que je t'aurais vraiment poignardé avec ma fourchette.

Il la dévisagea, un sourire timide se dessinant sur ses lèvres.

— Tu ne devrais probablement pas dire aux gens que tu menaces avec une fourchette que tu n'as pas l'intention de passer à l'acte. Ça perd un peu de crédibilité la fois suivante.

Summer haussa les épaules.

— Le fait est que je ne suis pas très belliqueuse.

Easton rétorqua :

— Vraiment ? Je n'avais pas remarqué.

Elle haussa les épaules et se pencha en avant pour partager un secret.

— Je suis trop douce à l'intérieur. Peut-être que si j'avais suivi un entraînement militaire, je serais plus dure. J'ai fait du karaté. Mais je passais mon temps à m'excuser et à m'assurer que mon adversaire allait bien.

Lorsqu'il s'esclaffa, puis fut pris d'un fou rire, elle le fusilla du regard.

— Ce n'est pas si drôle. J'ai passé beaucoup de temps à m'excuser.

Il se plia en deux de rire. Lorsqu'il reprit enfin son

souffle, il constata :

— On peut voir les choses du bon côté. Tu as appris à te défendre.

Elle sourit.

— Je suis devenue très douée, mais j'ai arrêté de m'entrainer parce que je blessais des gens.

— Ils ne vous ont pas appris à tomber ?

Summer confirma :

— Si, mais mon adversaire semblait toujours plus amoché que moi, alors je me sentais vraiment mal.

— Alors tu connais le karaté ?

Elle acquiesça.

— J'ai essayé le judo, mais ça n'a pas très bien marché.

Il grimaça, mais demanda immédiatement :

— Pourquoi ?

Elle se retourna, percevant la nuance dans son ton et lui lança un regard noir.

— Tu te moques de moi ?

— Tu dois admettre que c'est assez drôle. J'ai fait tellement d'entraînement au combat à mains nues, aux arts martiaux, aux armes, que t'entendre dire que tu as peur de blesser ton adversaire, alors que c'est le but même de l'apprentissage de ces techniques, eh bien…

Il secoua la tête.

— Ce sont des techniques de défense.

— Mais je ne voulais pas les blesser, s'écria-t-elle. Ils se fâchaient contre moi, disant que si je ne me battais pas avec eux, ils ne s'entraînaient pas non plus. Alors je me fâchais à mon tour et je me défendais, ils tombaient et c'était fini. Alors qu'en jouant gentiment ensemble, nous pouvions nous exercer plus longtemps.

Il la considéra, stupéfait.

— Jouer gentiment ensemble ?

Elle affirma, sérieusement :

— Si nous avions pu faire ça, tous ensemble, sans blesser personne, ça aurait été bien mieux.

Il se frotta le côté du visage.

— Mon Dieu…

— Là, tu parles comme mon prof.

— Avant ou après qu'il t'a demandé d'arrêter ? demanda-t-il en gloussant de nouveau.

Elle le regarda fixement, refusant de répondre.

Il ajouta :

— Je sais, les deux.

Easton passa un bras autour de ses épaules, la serrant contre lui.

Instinctivement, ses bras s'ouvrirent et elle les enroula autour de sa taille. Elle posa sa tête contre sa poitrine et se blottit contre lui.

— La plupart du temps, tu es un homme très gentil.

Il gloussa de nouveau.

— La plupart du temps ? interrogea-t-il, entre deux éclats de rire, aimant l'excentricité naturelle de la femme qu'il tenait dans ses bras.

— Oui, quand tu ne te moques pas de moi.

— J'aime à penser que je ris *avec* toi. Je ne suis pas sans cœur au point de rire *de* toi. Même si certaines choses que tu dis sont plutôt hilarantes.

Elle se pencha vers l'arrière pour lui jeter un regard mécontent. Puis elle haussa les épaules.

— C'est peut-être pour ça que je suis plus douée avec les photos qu'avec les gens.

Il la serra doucement dans ses bras.

— Tu te débrouilles très bien avec les gens. Oublie les

autres.

— Mais tes amis se moquaient de moi.

La voix de Ryder se fit entendre derrière eux, les interrompant.

— Non, Easton avait raison tout à l'heure. Nous nous moquions de lui.

Easton se retourna pour découvrir que ses trois amis se tenaient derrière eux, attentifs. Il roula des yeux.

— Vous n'avez pas quelque chose à faire ?

Ryder tapota sa montre.

— Si… et toi aussi.

Easton consulta sa montre et grogna.

— C'est vrai, nous avons une réunion ce soir.

Il laissa tomber ses bras des épaules de la jeune femme.

— Essaie d'éviter les ennuis pour le reste de la soirée.

Elle le contempla, surprise, mais il se retourna et s'éloigna. Il ne put s'empêcher de jeter un coup d'œil en arrière pour voir si elle avait bougé. Non, elle se tenait là, avec un air si triste sur le visage qu'il avait envie de s'arrêter, de lui assurer que tout allait bien.

Ryder et Corey attrapèrent chacun un des bras d'Easton et l'entrainèrent. Corey ajouta :

— Hé, elle sera là quand nous reviendrons. Nous avons toujours des obligations.

Cela ne lui ressemblait pas et cette révélation le fit sursauter. Rien ne lui avait jamais fait oublier qu'il avait des devoirs. Ce soir, ils faisaient une session supplémentaire sur la négociation d'otages dans un territoire hostile. Le problème n'est pas le même selon qu'il s'agisse d'un kidnappeur dans un gratte-ciel d'une grande ville ou d'un kidnappeur survivant dans la nature. Ils étaient ici pour rencontrer leurs homologues et établir un réseau auquel ils pourraient faire appel en cas de conflit. Les SEAL étaient connus pour être la meilleure force militaire, mais les Canadiens n'étaient pas en reste, même s'ils étaient plus des gardiens de la paix. Le monde avait besoin de plus d'hommes comme eux. Easton n'était pas là pour se laisser distraire. Surtout pas par une femme. Il se renferma, n'appréciant pas la tournure des événements.

Ils entrèrent dans l'une des tentes et découvrirent le nouveau système d'approvisionnement en eau qu'Easton espérait voir de plus près. Quatre militaires étaient déjà là. Après une légère hésitation, Ryder s'avança et tendit la main, prenant les devants.

Easton fronça les sourcils ; il aurait dû être le premier à aller vers eux. Non pas qu'il s'en tienne au protocole sur les grades au sein de son équipe, mais il devait se remettre dans le bain. Il était en service. Sa vie personnelle devait rester à l'écart. D'ailleurs, il n'en avait pas. Du moins, pas encore. Maudite soit cette femme…

Devlin murmura à côté de lui :

— Ne t'inquiète pas pour ça. Tu t'adapteras, un jour ou l'autre.

CHAPITRE 5

SUMMER OBSERVA L'ÉQUIPE entrainer Easton. Elle n'était pas certaine de ce qui s'était passé, mais elle sentit que quelque chose avait changé. Enfin, elle avait trouvé quelqu'un qui semblait la comprendre. Ou peut-être était-ce simplement le genre d'homme qui prenait soin des autres. Elle rejeta cette pensée. Personne de sain d'esprit ne qualifierait Easton ainsi. C'était un homme imposant, un véritable alpha.

Elle n'était pas une habituée des démonstrations d'affection, mais il lui semblait naturel d'enrouler ses bras autour de sa taille et de se blottir contre lui. Étrangement naturel. Elle ne le connaissait pas vraiment, mais elle voulait le découvrir. Elle souhaitait voir le monde à travers l'objectif de son appareil photo et en apprendre davantage sur lui.

Cependant, Summer savait qu'il résisterait à cette idée. Elle disposait encore de quelques heures avant que Ross ne l'appelle. Il lui restait encore beaucoup de photos à trier ce soir. C'est dans cet état d'esprit qu'elle se dirigea vers sa tente. Elle ouvrit le rabat et se tint à l'entrée. Rien n'avait changé.

Non seulement les lits d'appoint étaient parfaitement faits, mais quelqu'un, Easton, avait également fait son lit. Il l'avait fait bien mieux qu'elle ne l'aurait fait. Cependant, elle ne vit pas son ordinateur portable, ce qui l'inquiéta. Elle fouilla sous le lit, sous l'oreiller, avant de le repérer, caché, sous le matelas. Elle saisit le cordon et se prépara à travailler. Elle passa en revue les photos, les tria et consulta ses courriels. Elle trouva un message de son patron.

Elle le lut rapidement et lui répondit sobrement :

J'ai tout ce dont j'ai besoin, sauf les exercices du matin. Je les capturerai demain.

La réponse de son patron fut presque immédiate :

Bien. Sachez qu'il y a eu une plainte. Nous en recevons toujours une ou deux, mais celle-ci semble plus pointue. Assurez-vous de ne photographier que ce que vous êtes autorisée à saisir.

Elle fronça les sourcils et répondit :

Je suis désolée d'apprendre cela. Je veillerai à ne pas photographier des personnes que je ne devrais pas.

Une réponse quelque peu ironique, car comment était-elle censée savoir qui pouvait être photographié ou non ? De toute façon, toutes les photos seraient validées avant leur utilisation, comme c'était souvent le cas pour ce type de travail.

Elle sélectionna quelques-unes de ses photos préférées et les lui envoya, commentant :

Certaines d'entre elles sont vraiment superbes.

Puis elle continua à travailler.

Summer avait beaucoup de travail à accomplir avant le rendu final, elle préférait le finir de chez elle. Pour l'instant, elle se contentait de collecter des images. Avec cette idée en tête, sachant qu'elle ne resterait peut-être qu'une journée de plus ici, elle rangea son ordinateur portable sous les couvertures et refit le lit. Easton avait fait un bien meilleur travail. Ensuite, prenant son autre appareil et son sac à dos, elle sortit de sa tente.

La soirée était étonnamment lumineuse, le soleil couchant créait des halos à travers les arbres. Elle avait prévu de ne pas trop s'éloigner, car elle avait laissé dans sa tente la plupart de son matériel et la nuit tombait rapidement. Elle parcourut le périmètre, prenant des photos à l'extérieur de la base, des vues d'ensemble.

Summer comprenait que, pour certaines personnes, le fait qu'elle prenne constamment des clichés pouvait être agaçant, mais elle n'avait pas de cible spécifique. Elle voulait simplement capturer l'ambiance du groupe. Une fois son tour accompli, de retour devant sa tente, elle fut satisfaite de ne pas s'être perdue. Elle avait passé près de deux heures dehors, c'était suffisant. Elle consulta sa montre : il était presque vingt-deux heures.

Elle s'apprêtait à réintégrer son dortoir pour prendre une douche avant de se coucher, quand elle remarqua qu'il y avait encore beaucoup de bruit dehors. Elle pensait que le couvre-feu était à peu près à cette heure-là, mais les discussions se poursuivaient. Easton ne se montrait toujours pas. Elle se dit qu'il était probablement occupé ailleurs.

En revenant de la douche, elle s'assit sur son lit en pyjama, une serviette enveloppée autour de ses cheveux. Elle prévoyait de se lever tôt le lendemain matin pour assister à leur course matinale. Elle estima que ses cheveux étaient suffisamment secs et retira la serviette. Après avoir préparé ses vêtements pour le lendemain matin, elle se pelotonna dans son lit et essaya de s'endormir.

Il était près de vingt-trois heures et elle était persuadée que le couvre-feu était déjà en vigueur. Cependant, il y avait encore beaucoup d'activité à l'extérieur. Elle ne pensait pas pouvoir s'endormir facilement après la nuit précédente, mais en pensant à Easton, son corps se détendit lentement. Elle s'endormit alors que son esprit se perdait dans ses pensées.

Soudain, elle entendit Easton l'appeler doucement :

— Summer, tu es réveillée ?

Elle se redressa légèrement sur un coude et répondit, somnolente :

— J'étais sur le point de m'endormir.

Il passa la tête par l'ouverture de la tente, la vit et lui sourit.

— D'accord.

Il entra, posa son sac au pied du lit en face d'elle et annonça :

— Je vais dormir ici cette nuit.

Son cœur bondit de joie à cette idée. Elle demanda prudemment :

— Pourquoi ?

— Parce que, si tu peux dormir, moi je ne peux pas, avoua-t-il. Il y a probablement eu quelqu'un dans ta tente la nuit dernière et je ne veux pas que cela se reproduise.

Il lui fit un signe de la main.

— Rendors-toi, tout ira bien.

Alors qu'elle se recouchait et se retournait, elle murmura :

— Merci et bonne nuit.

D'une voix douce, il lui répondit :

— Je t'en prie. Maintenant, dors.

EASTON S'ALLONGEA TRANQUILLEMENT sur le lit, écoutant la respiration de Summer se calmer. Il pouvait sentir le stress abandonner ses épaules alors qu'elle succombait au sommeil. Il se déplaça pour placer ses bras sous sa tête, fixant le plafond de la tente au-dessus de lui. Il avait essayé de dormir dans sa propre tente, dans son propre lit, mais il ne pouvait pas s'empêcher de penser à elle, éveillée et inquiète. La nuit précédente, il avait d'abord pensé qu'elle avait fait un cauchemar lorsqu'elle s'était jetée dans ses bras en hurlant. Cependant, lorsque lui et les autres avaient examiné la tente de l'extérieur, ils avaient découvert la nouvelle ouverture, il avait alors réalisé que quelque chose n'allait pas.

Il y avait également des traces de pas et des éraflures près de la déchirure. Juste assez pour qu'il considère que quelqu'un était entré. C'était très inquiétant. La nouvelle s'était répandue parmi les rangs des deux camps et personne ne s'en réjouissait. Il avait songé à demander un poste de garde, puis réalisa qu'il n'avait pas besoin d'une procédure officielle, car il garderait un œil officieux sur la situation lui-même. Maintenir la discrétion dans ce petit groupe mixte était essentiel à ce moment-là, car quelqu'un ici jouait un jeu dangereux.

Ça ne s'annonçait pas bien. Surtout parce que le nom du jeu était « Tourmenter Summer ». La seule raison valable pour la menacer était qu'elle avait pris des photos qui dérangeaient quelqu'un. Dès lors, confisquer les images semblait être une solution, mais cela ne serait pas facile pour elle. Elle devait remplir son contrat pour être rémunérée. De plus, il n'y avait aucune garantie qu'ensuite le harcèlement cesserait. Surtout si quelque chose d'autre se passait.

Summer était obsédée, prenant des photos de tout et de tout le monde dans le camp. Bien sûr, c'était sa mission, mais jusqu'à présent, il n'avait entendu que quelques commentaires désobligeants sur sa constante présence. Personne ne semblait suffisamment contrarié pour déposer une plainte officielle, mais il avait suffisamment d'expérience pour savoir que les bases militaires n'étaient pas parfaites. Si quelqu'un faisait quelque chose de mal ou d'illégal, avoir un photographe qui capturait chaque instant pouvait devenir gênant. De plus, elle était petite, charmante et d'une naïveté rafraîchissante, entourée d'hommes. Il avait déjà été témoin des dégâts dévastateurs d'une libido masculine incontrôlée. Il ne voulait pas que cela lui arrive. Il était étonné qu'elle ait été envoyée seule. Il aurait imaginé au moins une équipe de deux personnes.

Il devait lui poser la question. Peut-être que l'autre personne avait dû annuler à la dernière minute. Utilisant des techniques qu'il avait apprises il y a des années, il se laissa glisser dans un sommeil léger. Il se réveillerait instantanément si quelque chose d'anormal se produisait, mais pour l'instant, son instinct lui disait que tout était calme et paisible.

Son téléphone vibra contre sa poitrine. Il le souleva pour voir le nom de Devlin.

— Tout va bien ?

— Oui, répondit Easton. Je dors ici, juste au cas où.

Il n'y eut pas de réponse après cela. Il ferma les yeux et se laissa emporter par le sommeil, jusqu'à ce que quelque chose le réveille.

Il ignorait depuis combien de temps il dormait, mais ses instincts l'incitèrent à analyser la situation. Quelque chose avait changé dans son environnement. Il resta immobile, cherchant à comprendre ce qui le perturbait. Il laissa ses yeux balayer la tente. À part la respiration régulière de Summer, il n'y avait personne d'autre. Aucune ombre n'était projetée le long des trois côtés visibles.

Il entendit un léger grincement, comme si une sardine était tirée et envoya un message à Devlin pour l'avertir, puis se glissa de l'autre côté du lit. Il espérait rester hors de vue suffisamment longtemps pour permettre à l'intrus de pénétrer dans la tente. Surprendre le type en flagrant délit était toujours le meilleur plan, mais aussi le plus risqué.

Il entendit la même chose que Summer, une respiration profonde et lourde. Il se concentra. La respiration de l'homme était irrégulière tandis qu'il décalait les sardines et soulevait le bord de la tente. Easton observa attentivement l'angle se soulever. Il n'atteignait pas une hauteur significative, peut-être quinze centimètres. Il était prêt à bondir en avant pour attraper l'intrus qui tentait de se glisser sous la tente, mais il entendit un autre son. Un cliquetis. Un son que n'importe qui reconnaîtrait, glaçant le sang. Ensuite, les pas s'éloignèrent silencieusement dans la nuit.

À la lumière de la lampe de poche de son téléphone portable, il recula, se rapprocha de la forme endormie de Summer et aperçut le serpent à sonnettes énervé à l'intérieur de la tente. Sa queue était dressée et cliquetait. Quelqu'un avait introduit un serpent à sonnettes en colère dans sa tente. Au moindre mouvement de Summer, elle serait mordue.

Bon sang. Il prit prestement une photo et l'envoya à Devlin. Il ne voulait pas tuer le reptile, mais le serpent n'était pas à sa place. Il considéra la couverture posée sur le lit d'appoint. C'était sa seule option, s'il voulait épargner le serpent. Néanmoins, elle ne serait pas aussi efficace que des outils spécifiquement adaptés pour capturer de telles créatures. Easton devait prendre rapidement la situation en main, il n'avait pas le choix.

Exterminer le reptile serait l'issue ultime, car il était également une victime. Il avait déjà souffert et voulait simplement retourner à sa vie sauvage, à sa liberté. Il pourrait réveiller Summer, mais le serpent chercherait alors une autre proie.

Easton ne pouvait pas le calmer, et s'il manquait sa première tentative, cela pourrait tourner au désastre.

Il attrapa la couverture pendant que le serpent s'approchait lentement du lit de Summer, attiré par la chaleur de son corps. En utilisant la couverture, Easton espérait le détourner de sa proie. Le serpent frappa, mais manqua sa cible. Il ignorait la quantité de venin dont le serpent disposait. Pouvait-il mordre à plusieurs reprises ? Avait-il besoin de temps pour produire une nouvelle dose ? Easton se dit qu'il y avait bien d'autres venins que celui du serpent dans ce jeu de hasard. Alors qu'il envisageait d'emballer le serpent, la tente s'ouvrit.

Devlin fit son entrée.

— Sacré coup.

D'un ton bas, Easton répondit :

— N'est-ce pas ? Plutôt que de rentrer, l'intrus nous a laissé un cadeau.

— Il a lâché un serpent à sonnettes ? Quel enfoiré.

La voix de Devlin était étouffée, réalisant que la meilleure chose à faire était de gérer la situation sans réveiller Summer.

— Oui, c'est plutôt sympa, non ?

— Quelqu'un en veut visiblement beaucoup à Summer.

Devlin se glissa près d'elle, un couteau à la main, à l'extrémité de son lit.

— Je suis d'accord. D'abord, occupons-nous de cela, puis nous chercherons pourquoi.

Easton observa le reptile, la couverture en main. Il avait reçu une formation intensive à ce sujet. C'était faisable, même sans les outils appropriés. Dans sa tête, il commença le compte à rebours. Trois… deux…

— Reculez.

Ryder s'approcha derrière eux.

— Je m'en occupe.

Il tenait une longue perche munie d'un fil de fer à son extrémité. Il la plaça doucement autour de la tête du serpent et la serra légèrement. À l'aide d'un grand sac épais, il réussit à l'emprisonner. Alors qu'il le soulevait, le bruit du hochet se calma. Il expliqua à Devlin et Easton :

— Les crotales aiment généralement les petits espaces sombres. Je ne sais pas d'où sort celui-ci, mais ça a dû être un sale moment pour lui aussi.

Ryder sortit avec le serpent. Devlin et Easton se regardèrent. Easton lui fit signe de se diriger vers l'entrée. Ils se rendirent ensuite vers l'arrière de la tente de Summer, utilisant leurs téléphones portables comme lampes de poche. Une fois de plus, sur l'arrière, plusieurs piquets avaient été soulevés et l'angle était desserré. Les empreintes de dizaines d'hommes partant dans des directions opposées étaient visibles, mais aucune n'appartenait à l'intrus. Malgré la faible luminosité, Easton prit des photos, espérant qu'elles révéleraient quelque chose sur son ordinateur. Même si ce n'était pas le cas, il n'hésiterait pas à les envoyer à une amie, experte en informatique, pour qu'elle y jette un coup d'œil. Bien sûr, il devrait d'abord obtenir l'accord de Mason pour demander l'aide de Tesla. Il devait également transmettre ces informations à sa hiérarchie. L'unité d'Easton ne pouvait en aucun cas ignorer cette seconde attaque.

Il consulta sa montre tout en faisant signe à ses équipiers de retourner vers l'avant de la tente.

— Minuit, dit-il. Comment savait-il qu'elle dormirait ?

— Peut-être qu'il s'en fichait ou qu'il espérait qu'elle serait réveillée, qu'elle verrait le serpent, qu'elle crierait et qu'il la mordrait.

— Comme beaucoup le feraient, commenta Easton à

voix basse. Mais c'était une attaque extrêmement ciblée. Photographier un serpent à sonnettes n'aurait probablement pas été sa première pensée.

Dans l'embrasure de la porte ouverte, Easton pouvait constater que Summer dormait profondément.

Devlin le regarda.

— Je pense que nous devrions tous rester ici cette nuit.

— Je ne partirai pas, mais tu es libre de t'en aller.

Easton observa Devlin, qui ne montra aucune intention de partir.

— Je n'aime rien de tout cela. Nous devons trouver et suivre la prochaine piste.

Ryder revint à ce moment-là, suivi de Corey. Il hocha la tête et annonça :

— Ce mec dormait.

— Que pouvais-je faire d'autre à cette heure-ci ? protesta Corey. Même si je suis désolé d'avoir manqué toute l'action.

Easton acquiesça.

— On a une course à cinq heures du matin.

Il consulta sa montre.

— Cela nous laisse un peu plus de quatre heures.

Sur ce, les hommes se séparèrent et allèrent se coucher dans la tente de Summer, Ryder et Corey prenant les deux lits les plus proches. Easton retourna vers le lit où il était allongé et Devlin en prit un autre à l'extrémité opposée.

Au milieu d'eux, la sécurité de Summer devrait être assurée. En fermant les yeux, Easton murmura à Devlin :

— Merci.

Avec des mots rappelant à Easton ce qu'il avait dit à Summer, Devlin répondit :

— Je t'en prie. Maintenant, dors.

CHAPITRE 6

QUAND SUMMER SE réveilla le lendemain matin, ses yeux s'ouvrirent sur la vue d'Easton, allongé sur le lit, face à elle. Instantanément, elle fut emplie de bonheur. C'était charmant. Puis elle reconnut Devlin sur un autre, ainsi que Ryder.

Les derniers lits étaient vides, donc soit Corey était déjà debout, soit il n'était pas resté ici. Elle attrapa ses vêtements et marcha vers les douches. Elle se changea et se brossa les dents. À son retour, elle trouva les hommes encore endormis. Tout le camp semblait l'être, mais elle s'était promis de sortir couvrir la course de ce matin. Peut-être que l'unité d'Easton n'était pas censée y participer.

Elle ramassa son matériel et, après leur avoir jeté un dernier coup d'œil, s'éclipsa. Elle avait repéré quelques endroits d'où prendre ses photos. Elle avait besoin de quelques minutes pour s'y rendre. Alors, bien sûr, il fallait qu'elle soit en avance.

Se déplaçant aussi vite que possible autour de la base, elle se dirigea vers le premier emplacement et vérifia la lumière avant de passer au second. Elle y posa ses sacs et installa son appareil sur le trépied. Elle consulta sa montre, il n'était que quatre heures quarante-cinq. Mais déjà, le soleil matinal perçait à travers les arbres.

Avec le deuxième appareil, elle captura la lumière. Summer était fascinée par la façon dont elle passait à travers les branches et au-dessus de la cime des arbres pour éclabousser l'herbe. Le soleil venait d'éclairer un grand coin du monde. À cinq heures, elle se força à ranger son appareil photo et attendit les militaires sur leur chemin. Elle avait installé la caméra et avait chargé un second appareil pour continuer à prendre des photos.

La course aurait dû commencer à l'heure qu'il était. Pourtant, il n'y avait personne, il faisait sombre et le silence régnait dehors. Elle s'éloigna légèrement de son trépied pour changer d'angle, puis attendit l'arrivée des coureurs. Plus elle patientait, plus une impression de mal-être s'emparait d'elle.

Cela n'avait aucun sens. Elle n'aimait pas ce sentiment glauque d'être observée. Elle se blottit à l'abri des regards. Le silence était angoissant. Plus le temps passait, plus elle était terrifiée. Finalement, elle n'en put plus. Elle jeta lentement un coup d'œil au-dessus des herbes. Il n'y avait personne. Elle rit.

— Idiote.

Elle se laissa tomber sur le sol juste au moment où elle entendit un étrange crachat venant de sa gauche. Elle se retourna, mais ne vit personne. Un mal de tête commença à se faire sentir. Voilà ce qui arrivait quand on oubliait d'apporter de l'eau ou du café avec soi. Heureusement, Summer avait quand même amené du jus de fruits.

Enfin, elle ressentit les vibrations d'un grand groupe qui avançait. Elle saisit son appareil photo et se précipita dans leur direction.

Elle les aperçut alors émerger devant elle : plus d'une centaine de coureurs. Elle commença à les mitrailler au fur et à mesure qu'ils approchaient. Elle se dirigea rapidement vers la caméra vidéo, s'assurant qu'elle était bien installée, la fit tourner au fur et à mesure que les hommes passaient. Ces dix minutes furent intenses.

Lorsque le dernier coureur passa, elle eut l'impression de s'en être bien sortie. C'était une bonne chose, car elle commençait à être fatiguée. Pourtant, elle n'avait pas fini. Lorsque les militaires furent hors de vue, elle attrapa son équipement et se dirigea vers l'endroit par lequel ils reviendraient. Il leur restait encore huit kilomètres à parcourir. Elle avait au maximum dix minutes pour se rendre à l'emplacement où elle voulait être et s'installer de nouveau. Le soulagement d'être arrivée à temps la traversa. Elle se dirigea lentement vers le côté le plus éloigné, le dos tourné à la base et se réinstalla.

Quelques personnes patientaient autour d'elle, observant. Summer vérifia plusieurs fois les caméras, contemplant les environs, sans but précis, pour saisir l'atmosphère générale. Sa tête la lançait encore. Summer espérait que ça disparaitrait avant que la chaleur de la journée n'arrive. Elle attrapa une bouteille de jus de fruits dans son sac, enleva le bouchon et but une longue gorgée. Alors qu'elle la refermait, elle aperçut les hommes arriver au loin.

Elle passa immédiatement à l'action. Lorsque le dernier coureur franchit la ligne, elle disposait de centaines, voire de milliers de photos. Bien plus que satisfaite, elle rangea son matériel. Elle dut marcher un peu pour retourner à sa tente. Lorsqu'elle y entra, elle était en nage et fatiguée, prête pour un café et un repas. Plus que prête, pour être honnête.

Malheureusement, le dortoir était vide. Elle avait essayé de voir si ses quatre nouveaux amis se trouvaient dans la mer d'hommes. Elle pensait avoir aperçu Corey, mais elle n'en était pas certaine.

Sachant qu'elle n'oserait s'accorder que quelques minutes, elle s'affaissa sur le lit et se laissa tomber sur le côté pendant un moment.

Son esprit se débattait entre l'envie de manger et le souhait de pouvoir laisser son matériel ici. Son équipement était lourd, mais il contenait trop de travail non traité, non sauvegardé.

Summer ne pouvait pas tout enregistrer immédiatement et quoi qu'il arrive, elle serait fâchée de perdre son matériel. Elle n'avait pas le choix, elle devait tout emporter avec elle dans le réfectoire. Mais, dans une minute. D'abord, une petite sieste. C'était tout ce dont elle avait besoin.

Elle ferma les yeux.

Elle se réveilla en sursaut quelques instants plus tard, se redressant brusquement, tournant sur elle-même dans le petit espace. Elle porta sa main à sa tête qui tournait sous l'effet du mouvement soudain.

Désorientée, elle s'assit sur le lit et consulta sa montre. Oui, elle pouvait encore aller prendre un petit déjeuner.

Elle se leva d'un bond, attrapa rapidement son énorme sac à dos et quitta la tente en courant.

— OÙ VA-T-ELLE maintenant ? demanda Easton.

Il avait eu envie d'aller à sa tente après sa douche pour vérifier que Summer était bien rentrée. Il pouvait difficilement lui ordonner de rester sous surveillance. Elle n'avait demandé à personne de veiller sur elle et n'avait pas non plus reçu l'ordre de rester auprès d'un garde du corps. Easton envisagea de demander la mise en œuvre de cette mesure, pour sa propre tranquillité d'esprit. Mais Summer ignorait qu'il y avait eu un serpent à sonnette libéré près de son lit, pendant la nuit.

Corey, qui était plus loin devant Easton, gloussa et indiqua la petite silhouette qui courait avec tout son barda qui rebondissait sur son dos.

À ses côtés, Devlin demanda :

— Je parie qu'elle vient de réaliser qu'elle a presque manqué le petit déjeuner ?

— Nous sommes dans la même situation.

Ils accélérèrent le pas et suivirent la jeune femme.

Easton était perturbé. Il s'était réveillé juste après qu'elle a quitté le dortoir ce matin. Il l'avait suivie, l'avait vue installer son matériel de prise de vue, puis avait couru récupérer son équipement pour prendre le départ de la course.

Il l'avait croisée plusieurs fois dans la matinée, poussant à chaque fois un soupir de soulagement, sachant qu'elle était toujours là, saine et sauve. Après la course, il avait été rattrapé par deux soldats qui voulaient parler du programme de la journée, ce qui avait retardé son retour. Il n'était pas sûr de ce qui lui était arrivé entre-temps, mais espérait qu'elle était en train de se précipiter pour prendre un repas.

L'équipe la rattrapa juste au moment où elle se dirigeait vers le buffet. Devlin recula et fit signe à Easton de prendre place derrière elle. Comme d'habitude, tous se mirent en rang derrière lui. C'était devenu un rituel.

Easton se saisit d'un plateau et d'une grande assiette, ramassant saucisses, bacon et pommes de terre rissolées avant d'attraper des crêpes qu'il enduisit de beurre. Il étudia l'assiette de Summer et vit un yaourt et des fruits frais, il soupira.

— Tu te souviens de cette histoire d'hypoglycémie ?

Surprise, Summer se retourna et le reconnut. Un sourire radieux se dessina sur son visage.

Il faillit gémir. Au fond de lui, son cœur fondait : juste un peu. Bon sang, il ferait presque n'importe quoi pour voir cette expression régulièrement. Il se secoua, sa voix résonnant plus durement qu'il ne le souhaitait, lorsqu'il lui fit remarquer la trop petite quantité de nourriture se trouvant dans son assiette.

— Les protéines aideront à stabiliser ton taux de glycémie bien mieux que les fruits frais.

Summer se renfrogna.

— Je n'ai pas si faim que ça.

Il souffla et saisit un bol de flocons d'avoine.

— Tu vas manger un peu plus maintenant.

Il le déposa sur son plateau.

Elle le fixa, puis regarda son assiette.

— Les flocons d'avoine ne sont pas des protéines.

— C'est une céréale, c'est mieux que rien. Ajoute des noix et de la crème, tu auras au moins quelque chose de solide dans le ventre.

— Je ne veux pas d'un bol de flocons d'avoine chaud.

Ils se disputèrent jusqu'à ce que le cuisinier, de l'autre côté du buffet, le frappe avec une cuillère et dise :

— Battez-vous comme un vieux couple marié ailleurs. Vous retardez le service.

Easton le regarda d'un air mécontent, puis reporta son attention sur Summer qui, à présent, arborait des joues plus rouges que des tomates, tandis qu'elle se dépêchait de faire la queue avec le bol de flocons d'avoine toujours sur son plateau. Elle s'arrêta un peu plus loin pour ajouter des noix et des graines. Il sourit et la suivit. Arrivée au bout du comptoir, elle lui tourna le dos. Comme l'heure du petit déjeuner était très avancée, il y avait beaucoup de tables libres. Summer se dirigea vers l'une d'entre elles, au fond de la salle. Devlin rit.

— Elle est vraiment spéciale.

— Oui.

Easton se dirigea vers le coin boissons, prit plusieurs jus de fruits et tasses de café et, suivi par le reste de l'équipe, prit le chemin de sa table. Il s'assit à côté d'elle et plaça un des jus de fruits et une tasse de café devant elle.

Summer le dévisagea et soupira.

— Pourquoi tu t'occupes de moi ?

— Parce que je ne peux pas m'en empêcher, s'emporta-t-il, irrité par le fait que la question soit tout à fait pertinente.

Elle était adulte. Elle était dans le camp. Elle ne serait pas là si elle ne pouvait pas s'occuper d'elle-même. Les autres la considéreraient simplement comme une imbécile. Il ne savait pas pourquoi il se sentait le besoin de la protéger, mais il était hors de question qu'il cesse de le faire maintenant. Le serpent à sonnettes lui avait permis d'y réfléchir la nuit dernière.

Alors que Devlin, Corey et Ryder se répartissaient autour d'eux pour prendre place, Summer sourit et dit :

— Bonjour, Devlin. As-tu bien dormi ? Je t'ai vu dans la tente quand je me suis levée ce matin. C'est très gentil de ta part de veiller sur moi.

Devlin lui adressa un sourire malicieux.

— Il n'y a pas de quoi.

Il eut du mal à dissimuler son sourire alors qu'Easton lui jetait un regard noir.

Elle se tourna vers Easton.

— J'ai remercié tes amis, mais tu ne le mérites pas.

Sa mâchoire tomba d'étonnement, les autres se mirent à rire. Il secoua la tête.

— Tu me rends fou.

— Je pensais que tu l'étais déjà.

Easton souffla.

— Mange ton foutu petit déjeuner.

Un étrange silence se fit à ses côtés. Il l'ignora pendant un long moment. Lorsqu'il releva la tête, il vit Ryder froncer les sourcils. Easton lui rendit son regard. Ryder fit un signe de tête en direction de Summer. Easton roula des yeux et se tourna pour la regarder. Elle avait la tête baissée et mangeait très lentement. De temps en temps, elle reniflait de façon suspecte. Il se figea et reposa sa cuillère.

— Oh, pour l'amour de Dieu.

Summer releva la tête et le scruta. Si ses yeux étaient trop brillants, il choisit de l'ignorer. Elle continua à le fixer et s'écria :

— C'est quoi ton problème ? Si tu ne me suivais pas partout, si tu ne te glissais pas dans ma tente pour dormir avec moi la nuit, il me serait beaucoup plus facile de me débarrasser de toi !

Les militaires autour de la table se figèrent. Plusieurs têtes se tournèrent vers eux.

Easton se pinça l'arête du nez et soupira.

— Ce n'est pas ça du tout et tu le sais.

Elle sursauta.

— Cela veut-il dire que tu ne veux pas coucher avec moi ?

De l'autre côté de la table, Corey eut du mal à s'empêcher d'exploser de rire et Devlin arborait un sourire assez large pour y faire passer un camion. Easton leur lança un regard, dans l'attente d'en savoir plus, puis secoua la tête.

Summer annonça avec une force pitoyable :

— Oh. Eh bien, merci de me l'avoir fait savoir.

Easton se tourna vers elle et demanda :

— Te faire savoir quoi ?

— Que tu ne veux pas coucher avec moi.

Il contempla le lutin à ses côtés, complètement choqué.

— Je n'ai absolument pas dit ça. C'est la conversation la plus bizarre que j'aie jamais eue au petit déjeuner.

Summer posa son menton sur sa paume, son coude sur la table et le scruta :

— Tu parles de ce genre de choses au déjeuner ou au dîner, alors ? questionna-t-elle avec intérêt.

— Non.

— C'est bien ce que je pensais.

Quelle qu'en soit la raison, Summer semblait beaucoup plus heureuse. Elle se retourna et commença à manger ses flocons d'avoine. En pleine incompréhension, Easton regarda ses amis. Ils étaient tous en train d'essayer de contrôler un fou rire et échouaient lamentablement.

Il grogna, se pencha vers elle et lui chuchota à l'oreille.

— Je n'aurais absolument aucun problème à coucher avec toi.

Elle releva la tête. Elle le contempla, leurs visages séparés de quelques centimètres et plissa les yeux :

— Trop tard. Alors, ne te fais pas d'idées maintenant, d'accord ?

Elle approcha son visage un peu plus près du sien et affirma :

— Je ne suis pas folle.

D'une voix apaisante, il acquiesça en disant :

— Bien. Maintenant, peux-tu prendre ton petit déjeuner sans provoquer d'autres cataclysmes émotionnels ? Tout le monde nous regarde depuis dix minutes, lorsque tu as crié la première fois.

Summer observa les tables voisines, adressant plusieurs

froncements de sourcils suffisamment appuyés à divers soldats pour qu'ils se reconcentrent sur leurs repas, au lieu de se focaliser sur le spectacle. Ensuite, elle se pencha sur son bol et mangea rapidement.

Easton lui tapota doucement le genou.

— Ça va aller.

Summer lui saisit la main, la fit claquer sur le banc et lui lança :

— N'oublie pas que tu ne veux pas coucher avec moi.

Puis elle se remit à manger ses flocons d'avoine.

— Oh, mon Dieu.

Il ne savait pas ce qui s'était passé, mais il avait envie de rire et de pleurer. Elle n'était pas seulement folle, elle le rendait fou. En même temps, il ressentait une agréable légèreté totalement nouvelle, totalement inconnue. Il ne pouvait pas l'expliquer.

Il ne voulait en aucun cas qu'elle reste sur une fausse idée. Il se pencha en avant et murmura :

— J'adorerais, mais ce ne serait certainement pas ici.

Summer sourit.

— Ça ferait de toi un homme très chanceux.

— Il faut que je te parle de la nuit dernière, dit Easton.

Avant qu'il ne le réalise, elle s'était levée d'un bond et, après un geste de la main, s'était enfuie de la tente, abandonnant derrière elle son plateau vide. Easton suivit du regard la direction qu'elle venait de prendre et se demanda pourquoi la tente lui semblait soudain bien plus sombre. Réfléchissant à la conversation plus que bizarre qu'ils venaient d'avoir, il retourna à son petit déjeuner et décida que, s'il était sain d'esprit, il préférerait passer du temps avec ses amis plutôt que de faire un pas de plus sur ce chemin chaotique. Mais, même en ayant pris cette décision, il ne put s'empêcher de surveiller la sortie, au cas où Summer réapparaîtrait.

Lorsque Devlin lui donna un coup de pied sous la table et le fustigea du regard, Easton réalisa à quel point il s'était comporté bêtement. Tout ce qu'il avait fait, c'était fixer, tel un idiot, l'endroit où elle s'était tenue. Déterminé à ne plus la laisser l'atteindre, il reporta son attention sur son petit déjeuner. Une longue journée l'attendait et il avait besoin de prendre des forces, même si ce n'était pas le cas de la jeune femme.

Ses yeux se posèrent sur le siège qu'elle avait libéré, il aperçut des taches de sang sur le dossier. Toute sa bonne humeur disparut. Il en toucha une. Puis, il se tourna lentement vers son équipe.

CHAPITRE 7

AU MOMENT OÙ Summer entrait dans sa tente, son téléphone sonna. Elle s'assit sur le lit et le sortit d'une de ses poches. C'était son patron.

— Salut, Ross. Comment ça va ?

— Bien, merci. Pourquoi n'avez-vous pas répondu avant ?

Elle se renfrogna.

— J'ai éteint mon téléphone ce matin pendant que je travaillais. Je viens juste de prendre mon petit déjeuner.

Elle grimaça intérieurement.

— Pourquoi m'appelez-vous ?

— Il est temps de rentrer.

Elle acquiesça.

— D'accord. Ça me va.

— Vous avez pris tout ce dont vous aviez besoin ?

Summer jeta un coup d'œil à la tente dans laquelle elle avait dormi et acquiesça.

— Oui, je pense que c'est bon.

— Il vous reste six heures avant de prendre l'avion, alors ne trainez pas. Tout est prêt. Ils vous donneront une copie de votre itinéraire quand vous partirez.

Elle répondit par un signe de tête, comme si son patron pouvait la voir.

— Je ferai bon usage de ces six heures. Promis.

Summer raccrocha son téléphone et regarda autour d'elle. Sans trop savoir pourquoi, elle était ravie de partir. Mais, en même temps, l'idée de ne pas revoir Easton lui brisait le cœur. Elle n'avait toujours pas pris d'autres photos de lui. Le temps lui était compté. Elle devait, avant tout, transférer sur son ordinateur portable toutes celles qu'elle avait prises ce matin.

Elle chercha son ordinateur sous l'oreiller et s'aperçut qu'il n'y était pas. Elle fouilla rapidement dans les couvertures, regarda sous le lit… Rien. Le cœur serré, elle tourna dans la petite pièce, espérant le trouver sur un autre lit. Elle n'en trouva aucune trace… Nulle part.

Summer passa une main tremblante sur son visage, cherchant ce qu'elle devait faire maintenant. Pour l'instant, elle ne voulait pas le dire à son patron ; il lui en voudrait, car elle avait l'habitude d'oublier ses affaires. C'était une des raisons pour lesquelles elle fournissait son propre équipement, dans le cadre de son contrat. Et, bien sûr, dans une certaine mesure, elle était à blâmer, mais elle devait bien laisser ses affaires personnelles quelque part. Juste au cas où elle l'aurait mis dans son sac, elle vérifia, mais il n'y avait rien. S'assurant qu'elle avait tout avec elle cette fois-ci, elle emballa l'intégralité de son matériel, grimaça sous le poids et se mit en route.

Easton pouvait-il l'aider à résoudre ce problème ? Peut-être, mais comment allait-elle le trouver ?

Elle s'arrêta devant un groupe de militaires et l'interrogea sur l'emplacement des soldats américains. Ils lui indiquèrent le côté le plus éloigné. Les remerciant avec un sourire, Summer s'engagea dans cette direction. Il y avait beaucoup d'hommes, mais pas Easton. Elle se retourna et observa son environnement. Elle avait demandé des soldats américains, pas la marine américaine. Peut-être aurait-elle dû demander où se trouvaient les SEAL ? Il n'était pas impossible que leur emplacement soit tenu secret ou peut-être que leur localisation n'était pas connue de tous. Se rendant au bureau de l'administration, Summer signala la perte de son ordinateur portable et demanda où elle pourrait trouver Easton, Devlin, Ryder et Corey. Avec un sourire, le soldat lui dit qu'ils étaient juste derrière, en réunion.

— Combien de temps cela va-t-il durer ? interrogea-t-elle en essayant de regarder derrière lui.

Summer aperçut le dos de plusieurs militaires qui semblaient étudier quelque chose au-dessus d'une table. Comme une carte. C'est tout ce qu'elle put voir. Ça ne lui était pas très utile.

L'homme lui signifia son ignorance en haussant les épaules.

— Quelques heures probablement.

Elle le remercia d'un signe de tête.

— Est-il possible de leur faire passer un message ?

Il acquiesça.

— Oui, je peux prendre un message, mais je ne vous garantis pas de pouvoir le leur transmettre rapidement.

— Je n'ai pas leur numéro, sinon j'aurais pu leur envoyer un texto. Il va de soi que je ne peux pas les obtenir de vous, n'est-ce pas ?

— Non, ce n'est pas autorisé.

— Bien sûr.

Elle lui dit ce que la note devait contenir et l'observa alors qu'il vérifiait les objets perdus, retrouvés, en vain.

Avec un sourire de remerciement, Summer fit demi-tour et sortit de la petite tente. Elle n'avait que peu d'espoir de récupérer son ordinateur portable.

Elle devait encore prendre autant de photos que possible du camp. Elle se prépara à photographier le bureau de l'administration à l'intérieur et à l'extérieur, puis plusieurs autres tentes, y compris la cantine, tout en gardant un œil sur la zone arrière où elle pensait qu'Easton se trouvait peut-être.

Une heure plus tard, elle était en train de régler la vitesse d'obturation de son appareil photo lorsqu'une ombre se dressa devant elle. Sans même vérifier, elle sut qu'il s'agissait d'Easton.

— Où une fille peut-elle retrouver l'ordinateur portable qui a disparu de sa tente ?

Summer se tourna vers lui pour lui sourire.

Easton se raidit.

— Tu es sérieuse ?

— Et, bien sûr, on me renvoie chez moi : le timing parfait, gémit-elle.

Elle consulta sa montre.

— Mon avion décolle dans quatre heures.

Easton étudia son visage pendant un long moment.

— Comment te sens-tu ?

— Pourquoi ?

— Tu es blessée à la tête.

Il frôla ses cheveux.

Elle sursauta sous la douleur lancinante.

— Ne bouge pas.

Il essaya de séparer ses mèches de cheveux.

— Tes cheveux sont couverts de sang séché. Difficile de voir la blessure en dessous...

Passant la main sous son menton, il lui inclina la tête pour pouvoir la regarder dans les yeux.

— Quand cela s'est-il produit ?

Summer se redressa lentement.

— Je n'en ai aucune idée. Tout ce que je sais, c'est que j'ai eu un sacré mal de tête toute la matinée. Mais j'ai été tellement occupée que je ne m'en suis pas souciée. Ce n'est pas grave. Pouvons-nous revenir au problème de la disparition de mon ordinateur portable, s'il te plaît ?

Easton eut un regard étrange alors qu'il la contemplait. Elle ne savait pas ce que cela signifiait. Elle voulait vraiment un cliché de lui.

— Tu es sûr que je ne peux pas prendre de photos de toi ?

— Oui, j'en suis sûr.

Easton désigna le sac à ses pieds.

— Tu es certaine que ton ordinateur n'est pas quelque part dans tout ce matériel ?

Summer affirma :

— Je l'ai laissé sous mon oreiller avant de partir ce matin. Quand je suis retournée au dortoir pour télécharger tout mon travail de la matinée, il n'y était plus.

Devlin, qui se tenait à côté d'Easton, demanda :

— As-tu laissé toutes les photos sur ton ordinateur ?

Summer leur expliqua :

— Tout est dans le cloud. Mais c'est un ordinateur portable relativement récent et mon assureur ne sera pas content qu'il ait disparu.

— Il n'y a aucune raison pour qu'il ait disparu, à moins que quelqu'un n'ait pas aimé les photos que tu as prises et ait pensé, en dérobant ton ordinateur, les supprimer.

— Au début, j'ai pensé qu'Easton l'avait volé parce qu'il ne veut pas que j'aie de photos de lui, dit-elle en blaguant, mais sa plaisanterie tomba à plat. Je ne sais pas ce qui s'est passé. J'ai signalé sa disparition aux objets trouvés. Mais personne ne va avoir trouvé accidentellement mon ordinateur sous mon oreiller avant de l'apporter aux objets trouvés.

Les deux hommes se dévisagèrent.

— C'est une bonne chose que tu rentres chez toi, dit Easton à voix basse.

Summer vacilla mais acquiesça. Que pouvait-elle faire d'autre ? Oui, c'était une bonne chose qu'elle quitte la base.

Devlin confirma.

— Je ne pense pas que tu sois en sécurité ici.

Elle pivota pour le fixer et grimaça sous la douleur émanant de son crâne. Instinctivement, elle toucha son cuir chevelu et sentit le sang séché. Elle se concentra, essayant de comprendre comment cela avait pu arriver.

— Comment ça ?

— Nous ne t'avons pas raconté ce qui s'est passé la nuit dernière. La raison pour laquelle nous sommes restés dans ta tente…

Devlin se tourna vers Easton.

— Il vaudrait mieux que tu lui expliques.

Easton, dubitatif, lui parla volontiers du serpent à sonnette lâché dans la tente. Summer l'écouta, choquée. Sa mâchoire se décrocha lorsqu'elle comprit qu'il s'agissait d'un acte délibéré.

— Quelqu'un essaie de me tuer ?

— Les crotales ne tuent pas nécessairement, c'est juste une possibilité. L'intention était bien de te terroriser.

Il ramassa son barda et la conduisit vers le bureau principal.

— Nous allons par là.

— Pourquoi ? Je n'ai rien fait, protesta-t-elle.

— Et pourtant, apparemment, quelqu'un ne t'aime pas, rétorqua Easton.

— Tu veux dire, quelqu'un d'autre que toi.

Summer s'arrêta, les mains sur les hanches, essayant de cacher sa peur.

La seule pensée d'un serpent à sonnette suffisait à la troubler. L'idée qu'il ait été délibérément placé dans sa tente la bouleversait. Elle lança à Easton.

— Tu l'as dit à quelqu'un ?

Il opina.

— Devlin et moi l'avons signalé ce matin. C'est en train d'être traité, discrètement.

— Pensez-vous que cela puisse avoir un rapport avec le fait que je doive partir aujourd'hui ?

— Quand pensais-tu partir ?

— Honnêtement, je ne sais pas. Ça peut arriver n'importe quand. Mais, je trouve ça bizarre que, juste après le rapport que vous avez fait sur le serpent à sonnette, je reçoive un coup de fil me signifiant de rentrer chez moi. Je dois encore prendre quelques dernières photos, alors si vous voulez bien m'excuser.

Distraite, troublée, s'ennuyant déjà d'Easton, elle s'enfuit hors de sa portée, se dirigeant vers un endroit qu'elle avait, préalablement, sélectionné. Summer étudia son environnement avec plus d'attention. Quelqu'un avait fait exprès de l'effrayer, de lui faire du mal. C'était incroyable… Le soleil s'était caché derrière de sombres nuages. L'orage qui s'annonçait correspondait exactement à son humeur.

EASTON REGARDA SUMMER s'éloigner. Il ne lui avait pas annoncé qu'elle ne passerait pas l'après-midi seule. Il avait, enfin, reçu des instructions officielles lui ordonnant de veiller sur elle, pour s'assurer que rien d'autre ne se produise. La dernière chose que la base désirait, c'était que sa photographe soit blessée dans des circonstances suspectes. Il était inhabituel que quelqu'un comme elle vienne ici, mais la société pour laquelle elle travaillait en freelance avait déjà collaboré avec les Canadiens à de nombreuses reprises, ce qui rendait apparemment le choix facile.

Il la suivit pour la voir étudier les nuages.

— Ça va ?

Elle le regarda en biais :

— Qu'est-ce que tu crois ? Quelqu'un m'en veut.

Ça n'avait pas de sens pour Summer.

— Je sais que tu ne vas peut-être pas me croire, mais je suis, vraiment, quelqu'un de très gentil.

Easton lui fit le plus beau des sourires.

— Je sais exactement quel genre de personne tu es. Personne ne devrait essayer de te tuer.

— Alors pourquoi le font-ils ? s'écria-t-elle.

— La seule raison qui nous vient à l'esprit…

Easton désigna ses camarades qui se tenaient maintenant à ses côtés.

— C'est que tu as pris des photos de quelque chose que tu n'aurais pas dû.

Summer secoua la tête, grimaçant sous la douleur lancinante qui en résulta.

— Je prends des clichés de soldats courant de bon matin, d'une lutte amicale entre équipes. Je prends des photos du soleil et de la pluie, de nuages orageux et de fleurs…

Elle le regarda, perplexe.

— Ce que je ne fais pas, c'est prendre des photos de transactions de drogue, d'accidents de voiture ou d'un meurtrier traquant ses victimes.

Corey demanda, dans son dos :

— Réfléchis, as-tu pris des photos de militaires dans des

endroits où ils ne semblaient pas être à leur place ?

— Comment le saurais-je ? demanda-t-elle. Je capture des images, je ne surveille pas les gens.

Les SEAL échangèrent un regard.

— Rien d'autre n'a de sens.

Summer ricana.

— Non, ça n'a pas de sens. Vous êtes tous ici pour vous entraîner, jouer à des jeux de guerre amicaux. Il n'y a rien à voler. Rien à trouver. Rien de clandestin. Si deux personnes ont une histoire, c'est leur affaire. Je n'ai pas pris de photos compromettantes. Je n'ai rien vu de louche à photographier. Je suis venue prendre des photos pour mon patron. Pas pour jouer les détectives privés et fouiller dans la vie privée des gens.

— Qu'y a-t-il sur ton ordinateur portable ? demanda soudain Easton.

— Pas grand-chose.

Elle l'étudia.

— Je télécharge mes cartes SD dessus, puis je trie rapidement les photos et je sauvegarde celles que je veux garder dans mon espace de stockage en ligne.

— Donc, si tu as pris une photo de quelque chose de suspect, tu n'as pas vu les images d'assez près pour le savoir, n'est-ce pas ?

— Oui, exactement.

Elle lui lança un regard noir.

— Je dois télécharger mes photos de ce matin pour les mettre en sécurité.

— Donc, en dehors des inconvénients et des coûts…

— Je n'ai pas perdu grand-chose, je sais. Mais, les inconvénients et les coûts s'additionnent, grommela-t-elle en se dirigeant vers le champ de gauche où plusieurs groupes s'entraînaient au combat au corps à corps.

Easton la regarda saisir son appareil et se perdre immédiatement dans son travail. Sa concentration fut instantanée et totale. Summer s'accroupit, se tordit, changea de position, tout cela à la recherche de la photo parfaite.

À côté de lui, Ryder annonça :

— Corey et moi allons vérifier sa tente. Peut-être reste-t-il un indice…

— Bonne idée, approuva Easton.

La tête tournée vers la direction opposée, il fit signe à Ryder de vérifier les caméras de surveillance qu'ils avaient installées. Il savait que ses équipiers vérifieraient aussi le fil de déclenchement. Ryder acquiesça et partit avec Corey.

Les mesures de sécurité avaient été une décision facile à prendre après son réveil, quand il l'avait trouvée, de nouveau, envolée ce matin. Summer n'utilisait que l'entrée principale, les mesures étaient donc destinées à tous les autres. Avec un peu de chance, ils en faisaient trop, mais cette blessure à la tête le dérangeait. Il en avait vu beaucoup de similaires. Avec tout le sang séché, il ne pouvait pourtant pas en être sûr. Il fallait qu'elle soit nettoyée.

En regardant deux de ses amis s'éloigner, Easton réalisa que, même s'il détestait voir Summer partir, il ne serait pas heureux tant qu'elle n'aurait pas pris l'avion et ne serait pas en sécurité. Compte tenu de ce qu'il savait maintenant, il avait hâte que l'heure de son départ arrive.

— Nous devrions l'emmener à l'infirmerie pour faire examiner sa tête, dit Easton à Devlin, qui approuva rapidement.

Summer se retourna et leur lança :

— Je vais bien.

— Tu es têtue, tu ne vas pas bien, grogna Easton avec

irritation. Il faut faire nettoyer ta blessure et la faire examiner.

— Est-ce que je peux gagner si on se dispute à ce sujet ?

— Non.

— Bon, il a fait beau toute la journée. Laisse-moi juste finir mes photos pour que je puisse conserver mon travail. Ensuite, nous irons à l'infirmerie.

Easton l'observa un long moment et réalisa que rien ne changerait d'ici là.

— Tu as une heure. C'est tout.

— Disons trois.

Summer lui adressa un sourire radieux et plein d'espoir.

— Une, répéta-t-il. Et tu perds du temps.

Il entendit un bref gloussement échapper à Devlin face à son expression et Easton céda.

— D'accord, vois ce que tu peux faire en une heure. Nous aviserons à ce moment-là.

CHAPITRE 8

T OUT CE QUE Summer voulait, c'était se concentrer sur sa mission, obtenir les photos dont elle avait besoin et partir. Imaginer la présence de quelqu'un dans sa tente, un soir, était une chose, être confrontée à un serpent à sonnette, le lendemain, puis au vol de son ordinateur, c'en était une autre, une de trop. Tout son voyage était teinté d'angoisse et de laideur, des éléments qu'elle préférait éviter. Elle rentrerait bientôt chez elle, saine et sauve. Elle avait hâte.

Elle fit dix pas vers la gauche, actionnant son appareil photo sans but précis. Elle n'avait pas l'intention d'utiliser ces images, ce qui était dommage. Sa concentration absolue était la seule chose qui lui permettait d'échapper à la confusion, à la douleur.

À chacun de ses pas, deux hommes la suivaient de près. Summer baissa son appareil, fit face à Easton et Devlin et leur dit :

— Vous n'avez pas besoin de me surveiller, vous le savez ?

— Jusqu'à ce que tu montes dans l'avion, nous allons veiller sur toi, répliqua Easton. Je ne comprends pas pourquoi tu es venue seule ici. Ton employeur ne t'assigne pas un binôme pour ce genre de voyages ?

— Non, ce n'est pas nécessaire, répondit-elle avec légèreté, les yeux fixés sur une branche soulevée et poussée doucement par le vent, comme si elle indiquait une direction.

— Pourtant, regarde ce qui s'est passé cette fois-ci.

— Une exception, riposta-t-elle en se tournant vers lui. C'est la première fois en cinq ans. Je doute que cela se reproduise.

Summer doutait aussi du fait qu'Easton la crut, il semblait à peine l'écouter. Son attention était focalisée vers les alentours. Son ton était calme, posé, contrôlé. Il ne lui laissait pas de place pour argumenter. Sa parole faisait loi, elle devait l'accepter. Du moins, en ce qui concernait sa protection. Il y avait quelque chose de très séduisant dans tout ce sens du devoir. Summer soupira lourdement en essayant de se réfugier derrière son matériel, mais cela ne fonctionna pas. Son esprit continuait à tourbillonner.

Elle se retourna pour leur demander :

— Pouvez-vous retrouver mon ordinateur portable ? Je ne veux vraiment pas partir sans.

— L'armée s'en occupe actuellement, expliqua Devlin. Les Canadiens sont très contrariés. Ils ne toléreront pas un tel acte.

Summer sourit.

— C'est une bonne chose, non ?

Le téléphone de Devlin sonna. Il répondit, s'éloigna de quelques mètres, puis revint vers elle.

— Allons au bureau. Ils l'ont retrouvé.

— Génial !

C'était une excellente nouvelle. Même si cela signifiait aussi qu'elle devrait subir un contrôle médical.

Devlin et Easton la guidèrent vers le bureau, elle était entre eux. Un ordinateur portable très similaire au sien était posé sur le comptoir. L'homme derrière le bureau l'interrogea :

— C'est le vôtre ?

Summer l'ouvrit et le mit en route. Lorsque l'écran s'alluma, elle saisit ses identifiants. En quelques secondes, elle accéda au bureau familier qu'elle affectionnait tant. Elle sourit, rabattit légèrement l'écran et répondit :

— Oui, c'est le mien.

Elle naviga dans le panneau de configuration à la recherche des éléments les plus récemment enregistrés. Tout était là, ce n'était pas grand-chose. Summer l'utilisait principalement pour sauvegarder son travail dans le cloud. Elle ne conservait jamais ses identifiants sur l'ordinateur portable, son programme de messagerie n'était pas configuré pour s'ouvrir automatiquement. Elle se connecta à sa messagerie, qui semblait tout à fait normale. Elle se déconnecta, sourit au militaire et demanda :

— C'est parfait. Merci beaucoup. Où l'avez-vous trouvé ?

— Dans l'un des endroits où vous avez pris des photos de la course ce matin, répliqua-t-il d'un ton légèrement désapprobateur, comme si elle avait accidentellement causé des problèmes au sein du camp en perdant son ordinateur.

Summer le fixa un moment, puis dit :

— Merci de l'avoir retrouvé. Pour information, je n'emporte jamais mon ordinateur sur le terrain. J'ai déjà suffisamment de matériel à transporter sans m'encombrer de lui en plus.

Le regard accusateur qu'il avait dans les yeux s'atténua tandis qu'il réfléchissait.

— Quand l'avez-vous vu pour la dernière fois ?

Elle le renseigna rapidement :

— Sous mon oreiller, dans mon lit, ce matin.

Il prenait des notes. Elle n'avait guère d'espoir que les hommes découvrent le coupable, mais elle s'en fichait. Elle partirait dans quelques heures et tant qu'elle avait tout son matériel, elle était satisfaite. Elle se retourna et consulta sa montre.

— Tu ne pars pas avant la fin du déjeuner, ce qui ne saurait tarder, dit Easton. Alors d'abord ta blessure, puis le repas.

Summer se pinça les lèvres et plissa le nez.

— Je n'ai pas vraiment faim. Tout ce que je veux, c'est rentrer chez moi.

— Où c'est chez toi ? demanda Devlin.

— San Diego.

Devlin éclata de rire.

Elle l'étudia, dubitative.

— En quoi est-ce drôle ?

— C'est juste étrange. Moi aussi, je suis de là-bas.

Summer le scruta, ne sachant pas exactement ce qu'il voulait dire. Mais elle n'obtint pas plus d'explications. Elle consulta de nouveau l'heure.

— Peut-être pourriez-vous m'accompagner à l'aéroport en attendant mon vol.

Easton refusa, la prit par le bras et la conduisit vers la cantine.

— Nous ne te laisserons pas. Si tu ne veux pas manger, ce n'est pas grave, mais nous, nous avons besoin de nous restaurer. Et tu dois faire examiner ta blessure.

— Je suis vraiment désolée. Allez manger. Je serai bien ici. Laissez-moi au bureau si vous êtes si inquiets.

— Nous ne te laisserons pas, répéta-t-il calmement mais fermement. Si tu veux rester ici, nous resterons aussi. Et tu ne prendras pas ce vol avant d'avoir fait soigner ta blessure.

Summer le scruta, mécontente.

— Vous en faites un peu trop avec cette mission de protection, non ?

— N'oublions pas, le serpent à sonnette, répondit Easton. Nous refusons qu'il t'arrive quelque chose sous notre surveillance.

Sur ce, il l'entraîna vers le réfectoire, où il s'assurerait, comme toujours, qu'elle mangerait. Juste avant d'arriver, alors qu'elle espérait qu'Easton ait oublié, il l'orienta vers une petite tente. À l'intérieur, Summer fut assise sur une chaise et sa blessure fut auscultée.

Easton resta debout, les bras croisés, en face d'elle jusqu'au bout. Elle le contempla, fâchée.

— Tu n'as pas besoin de végéter là, tu sais. Je suis en train de me faire soigner.

Il lui jeta un regard impassible.

Juste à cet instant, l'infirmier toucha un point douloureux et Summer cria.

Immédiatement, Easton avança d'un pas.

— Ça va, murmura-t-elle.

Mais, il ne recula pas. Au contraire, il lui tendit la main. Elle la saisit telle une bouée de sauvetage pendant que sa blessure était soignée, puis qu'une sorte de pommade était délicatement appliquée dessus. C'est alors que sa tête recommença à tourbillonner. Elle entendait Easton et le médecin parler, mais les mots semblaient lointains.

— Balle.

— Brûlure.

— Fermer.

Elle se cambra lorsque quelqu'un toucha doucement le tissu mou de sa tête, provoquant des vagues de douleur. Elle sursauta et se pencha en avant pour tenter d'échapper aux mains indiscrètes et pour apaiser le vertige.

Easton saisit fermement sa main.

— Doucement, Summer. Respire profondément.

Summer ferma les yeux et lui obéit. Lentement, la nausée s'atténua. Lorsqu'elle se leva et rejoignit l'extérieur, elle se sentait mieux.

Jusqu'à ce qu'elle se rappelle la conversation précédente. Elle se tourna vers Easton.

— De quoi parliez-vous ?

Devlin, qui les attendait dehors, regarda Easton.

Le visage grave, Easton dit :

— Il semble que ta blessure soit due à une éraflure, causée par une balle.

— Quoi ? murmura Devlin d'un ton dur. Tu es sûr ?

Easton opina.

— Aussi sûr qu'on puisse l'être sans avoir été sur les lieux au moment des faits.

Il se tourna légèrement vers Summer.

Elle le fixait stupéfaite. D'une petite voix horrifiée, elle demanda :

— Es-tu en train de dire que quelqu'un a tiré sur moi ?

Il acquiesça.

— Et a raté son coup. Dieu merci. Tu es sûre de ne pas te souvenir d'avoir été visée ?

Summer ferma les yeux, essayant de se rappeler ce qui s'était passé.

— J'ai eu l'impression d'être observée. Ça m'a troublée pendant un moment, admit-elle. Alors je me suis laissée glissée dans les hautes herbes. Quand je me suis redressée, je me souviens d'avoir entendu quelque chose, mais les coureurs approchaient, vous faisiez beaucoup de bruit. Mais…

Elle se concentra.

— Mon mal de tête a commencé à peu près au même moment.

— Ce n'est pas étonnant, murmura Easton. Tu as eu beaucoup de chance.

Il l'enveloppa d'un bras protecteur et la conduisit vers la cantine.

— Maintenant, mange. Ça t'aidera à calmer la nausée.

Une fois à l'intérieur, perturbée par cette nouvelle découverte, Summer se prépara un encas au bar à sandwich, prit une tasse de café et une bouteille de jus de fruits, puis guidée par Easton à travers la foule, s'installa à la table la plus éloignée. Peut-être était-ce dû aux événements récents, mais elle avait l'impression que les gens la regardaient. Des commentaires, peut-être des ragots, couraient sur elle. Elle espérait que l'affaire de son ordinateur n'avait pas eu d'impact sur les militaires. Elle savait que la nouvelle du tir manqué ne mettrait pas longtemps à se répandre dans les rangs.

Elle focaliserait bientôt l'attention de tout le monde.

Leur table se trouvait à l'endroit le plus éloigné par rapport à l'entrée, à l'abri de l'agitation. Summer posa soigneusement son plateau, déchargea son assiette, son jus de fruits et son café sur la table. Elle s'arrêta un instant pour contempler le soleil. C'était un bel après-midi. Cependant, il lui était difficile de l'apprécier dans les circonstances présentes.

Summer n'avait pas raconté à son patron tout ce qui s'était passé, elle savait qu'elle ne pouvait pas mentionner sa blessure à la tête. Sinon, il ne la laisserait plus jamais partir sur le terrain. Elle n'avait jamais eu de problèmes jusqu'à présent. Elle était résolue à considérer cette situation comme une exception. Peut-être aurait-elle dû organiser son départ plus tôt, mais il n'y avait que peu de vols à partir de la base. Elle n'était toujours pas sûre de savoir quel serait le sien. Elle s'en fichait. C'était une voyageuse expérimentée, tout se passerait bien. Elle détestait juste attendre.

Soudain, elle entendit un drôle de bruit, un mélange de bruissement de feuilles sèches et du bruit d'une balle de baseball frappant une batte. Elle se tourna dans la direction du son, son appareil photo à la main, prête à capturer l'instant.

— Hé, murmura Easton doucement. Reste à proximité.

Elle acquiesça, à mi-chemin entre sourire et frayeur.

— Juste une seconde.

Easton leva les yeux au ciel, la faisant rire, de nouveau. Summer vivait sa passion, c'était une bonne chose. Apparemment, elle était au bon endroit pour la suite des événements. Elle avait beaucoup d'amis qui faisaient leur travail, sans ressentir le même engouement qu'elle. Elle aurait préféré exposer uniquement dans des galeries, mais les revenus de ces ventes étaient instables, elle avait besoin d'un emploi fixe. De ses missions en freelance.

Summer n'aperçut rien à l'extérieur, mais afin d'être certaine de ne rien rater, elle prit quand même rapidement plusieurs photos depuis l'entrée de la tente. Alors qu'elle faisait demi-tour en direction de sa table, elle chercha Ryder, Devlin et Corey des yeux. Ils patientaient toujours au comptoir. Easton, en train de prendre quelques chaises supplémentaires pour leur table, lui tournait le dos.

Au moins, ils pourraient manger tous ensemble. Summer retournait à son repas, quand soudain, un bras puissant s'enroula autour de son cou. Une main se posa sur sa bouche. Ses pieds se dérobèrent sous elle. Elle heurta violemment le sol. La main sur sa bouche l'empêcha de crier. Dans un même mouvement, elle sentit ses appareils photo s'entrechoquer autour de son cou et son collier de perles céder, sous ses ruades.

Elle ne pouvait pas voir son assaillant. Lorsqu'elle comprit qu'il en voulait à son matériel, elle vit rouge. À partir de sa position allongée, elle donna un féroce coup de pied qui atteignit son agresseur à la tête. Elle poursuivit sa manœuvre en effectuant un salto arrière, fit volte-face et le frappa violemment de son pied droit, heurtant sa mâchoire. Summer ne s'arrêta pas là. Accroupie, elle lui asséna un coup de poing, souverain, en pleine gorge.

Lorsque Summer se redressa, elle se retrouva entourée de militaires. Ils la fixaient, en colère. Elle croisa ses bras sur sa poitrine et les toisa du regard. Presque immédiatement, Easton et Devlin furent à ses côtés. L'atmosphère était tendue. Summer continua de scruter les soldats, pointa du doigt l'homme à terre et expliqua :

— Il m'a attaquée et a tenté de voler mes appareils photo.

L'ambiance changea. Easton se pencha, saisit l'homme par son col et le frappa violemment au visage pour le réveiller.

— Tu aurais pu me laisser faire ça, déclara Summer.

Lorsque Devlin s'accroupit pour observer l'agresseur, Easton se redressa.

— Je pense qu'il a eu sa dose venant de toi.

Elle se retourna vers lui et remarqua son sourire. Elle haussa les épaules.

— Je t'ai dit que je savais me défendre.

— C'est bien plus que savoir se défendre, chuchota-t-il.

— J'ai toujours été douée pour ça.

L'homme à terre gémit et ouvrit les yeux. Quand il vit Devlin au-dessus de lui, il se crispa, son regard alla en tous sens puis s'arrêta sur le visage de Summer. Il la pointa du doigt.

— Elle m'a attaqué.

Summer répliqua :

— Après que tu m'as jetée au sol avec une prise d'étranglement et que tu as essayé de me voler mes appareils photo.

Il la fusilla du regard.

— Je n'ai rien fait.

— D'accord, donc tu t'es fait tabasser par une femme pour rien ?

Des rires fusèrent dans le groupe des militaires. L'agresseur fronça les sourcils et se leva. Lorsqu'il tenta de disparaître dans la foule, Devlin le rattrapa et lui intima :

— Pas si vite.

L'homme tenta de le repousser.

— Je n'ai rien fait.

Summer s'avança.

— Alors, quand on relèvera les empreintes digitales sur mon matériel, on ne trouvera pas les tiennes, n'est-ce pas ?

Il la fixa, l'air effrayé.

Summer acquiesça.

— C'est bien ce que je pensais. Alors peut-être voudrais-tu nous expliquer ton geste ?

Le cercle se resserra autour d'eux.

— Je ne voulais pas.

— Tu ne voulais pas quoi ? s'emporta Easton. La faire tomber ? Essayer de lui voler son équipement ?

— En plus, mon collier est cassé, grogna Summer.

Peu importait, ce collier n'était qu'une babiole. Par

contre, le fait d'avoir été attaquée…

— Je n'avais pas le choix, protesta-t-il. Je n'avais pas le choix.

— Tu admets donc m'avoir attaquée ? Et avoir essayé de voler mes affaires ?

Summer voulait s'assurer que sa confession soit entendue par tous.

Après un regard vers elle, Devlin l'incitant à parler, il acquiesça et déclara :

— Je pensais que ce serait un simple vol à l'arraché.

— Mais tu t'es trompé, n'est-ce pas ? dit Easton.

L'homme opina d'un air renfrogné.

— Ça aurait dû être le cas.

Il s'adressa à Summer.

— Salope.

— Évidemment. Quand une femme se défend, c'est une salope, ricana-t-elle. C'est tellement machiste.

Il se frotta la mâchoire.

— Avec quoi tu m'as frappé d'ailleurs ?

— Mon pied. Je peux te balancer l'autre dans la gueule, si tu continues.

— Non, tu ne peux pas, s'interposa Easton. Nous veillerons à ce qu'il soit sanctionné. Laissons les militaires s'en occuper.

Son regard glissa de l'un à l'autre.

— Sera-t-il puni comme il se doit ? Ou sera-t-il libre ? Vous l'avez entendu. Il a essayé de m'assommer, de voler mes affaires et tout ce qu'il risque d'avoir, c'est quelques jours de corvée ?

Une voix dure, venant de derrière eux, se fit entendre :

— Non, ce sera bien plus que cela.

Summer se retourna et découvrit un officier canadien en

train de fixer l'homme. Ce dernier était maintenant, de toute évidence, en train de s'effondrer devant eux.

— Il sera sanctionné pour cela.

Summer ne savait pas exactement ce que cela signifiait. D'après l'expression sur le visage de l'homme, ce serait suffisant.

— Bien. J'espère que ça lui apprendra, à l'avenir, à ne pas s'en prendre à une femme sans défense.

— Sans défense, ricana l'homme. Tu as failli me briser le cou.

— Seulement après que tu as enroulé ton bras autour du mien et que tu m'as jetée au sol. Si tu ne m'avais pas attaquée, je n'aurais pas eu à me défendre.

Elle lui lança un regard noir.

— Un simple vol à l'arraché, tu l'as dit.

— Salope, dit-il.

— Soldat ! l'invectiva l'officier. Proférez, encore une fois, des insultes et je m'assurerai que votre solde soit réduite par deux.

— Tu m'as attaqué en premier, jeta-t-il à Summer, revenant sur ses propos.

Les bras croisés sur la poitrine, détestant ses accusations, indignée par ce qu'il avait fait, Summer fulminait tout en tentant de contenir sa colère. Elle finit par lâcher :

— Écoute, soldat, si je t'avais attaqué en premier, j'aurais eu une sacrément bonne raison et tu ne serais, certainement, pas en train de parler en ce moment… parce que tu serais mort.

Le silence s'installa dans la tente.

Summer ne sut pas qui commença à ricaner, mais en quelques minutes, l'endroit fut rempli de rires, des applaudissements éclatèrent. Elle ne savait pas qui était ce soldat, mais sa réputation était en lambeaux, dorénavant. Elle recula, fit face au gradé, hocha la tête, puis s'adressa à Easton.

— Je t'ai dit que je pouvais prendre soin de moi.

Après quoi, elle s'en alla.

D'UN GESTE SEC, Easton indiqua à Devlin et Ryder de rester en arrière et d'observer ce qui se passait avec l'agresseur. Il attrapa, ensuite, Corey et s'élança à travers la foule à la poursuite de Summer. Il lui saisit le bras. Elle se retourna en s'accroupissant, Easton leva alors ses mains.

— Ce n'est que moi.

Summer se redressa lentement, mais Easton pouvait constater qu'elle était toujours en mode combat. Il ne savait pas où elle avait appris à se battre ainsi, mais il en était heureux.

— Je ne retournerai pas là-dedans, annonça-t-elle d'un ton sec.

— Tu n'as pas à le faire. Je vais aller chercher ton repas et nous pourrons nous asseoir ici.

Il lui indiqua un arbre entouré de bancs.

— Donne-moi, d'abord, une minute ou deux pour me calmer. Ne me ramène pas dans cet endroit.

Easton se tourna vers Corey qui se tenait à proximité et lui fit signe de s'asseoir sur le banc.

Corey acquiesça.

Easton se glissa à l'intérieur de la tente, attrapa un plateau et trois assiettes, empila rapidement de la nourriture dedans, prit quelques boissons et se dirigea prudemment vers l'extérieur. Il était plus sûr de prendre des plats directement au buffet, son assiette avait été laissée sans surveillance. Tout le monde l'observait. Easton s'en moquait éperdument. Il voulait juste ramener Summer chez elle. Il craignait que les choses ne s'arrêtent pas là. Il ne savait pas trop ce qu'elle avait pu capter, mais il était évident que c'était quelque chose qu'elle n'aurait jamais dû photographier. Son unité devait examiner les photos et trouver une solution.

Ce n'était pas parce que son agresseur portait un uniforme canadien qu'il appartenait, réellement, à l'armée. Son badge indiquait Lemans. Mais portait-il ses propres vêtements ou les avait-il volés ? Il était facile de se faufiler parmi autant de soldats, de s'emparer d'un uniforme et de le porter. Ce n'était pas une bonne idée, mais c'était possible.

De retour à l'extérieur, son plateau surchargé, il alla lentement vers le banc. Corey s'était frayé un chemin derrière la foule et s'était adossé à l'arbre sur le côté. Summer était assise au milieu du banc, les jambes et les bras croisés, les genoux rebondissant sans cesse. Elle ruminait toujours. Le temps qu'il la rejoigne, elle n'avait pas l'air de s'être calmée.

Elle fixa le plateau.

— Qu'est-ce que tu as fait ? Tu as volé la nourriture de tout le monde ?

— Il y en a assez pour nous trois, non ?

Summer l'aida à poser les assiettes sur le banc, puis en prit une portant un sandwich et se mit à l'ouvrage.

Ce combat lui avait ouvert l'appétit. Elle dévora son déjeuner sans même s'en rendre compte.

Easton lui en tendit un deuxième. Il venait de lui offrir son repas, mais si elle continuait à manger, ça lui allait. La cantine était encore ouverte, il pouvait donc se procurer plus de nourriture si cela s'avérait nécessaire. Après ce qui venait de se produire, dans son état actuel, le niveau de stress de Summer atteignait des sommets. Easton savait que sa glycémie chuterait rapidement une fois la montée d'adrénaline passée.

— Je l'ai reconnu.

— Où l'as-tu vu ?

Easton s'assit à côté d'elle et prit son assiette.

— Il travaille dans la cuisine.

— L'homme qui t'a attaquée ?

Summer confirma.

— Je n'oublie jamais un visage. J'oublie toujours le nom qui va avec le visage, mais jamais le visage.

Easton jeta un coup d'œil à l'endroit où le coupable avait été emmené. Il essaya de se souvenir du visage de l'homme, mais il était méconnaissable.

— Il travaille à l'arrière. Pas au service.

— Comment le sais-tu ?

— Il a sorti plusieurs barquettes du frigo alors que nous faisions la queue.

— Intéressant.

Summer haussa les épaules.

— Je ne pense pas qu'il ait choisi de m'attaquer. Quelqu'un l'a probablement payé ou l'a forcé à prendre mon matériel. Je doute qu'il nous donne cette information.

— Ne lui trouve pas d'excuses, la tança Easton.

— Ce n'est pas le cas, s'emporta Summer. Je veux juste oublier tout ce qui s'est passé et rentrer chez moi.

— Au moins, tu peux toujours partir. Tu es en vie, en sécurité et bientôt, tu vas rentrer chez toi.

Summer le dévisagea un long moment, puis s'affaissa lentement sur le banc.

— Tu as raison. Je dois me souvenir des bonnes choses, pas seulement des mauvaises.

Elle lui tendit son assiette vide.

— Sais-tu à qui appartenait ce sandwich ?

Il sourit.

— Probablement à Corey.

Elle grogna et contempla l'assiette vide.

— Maintenant, je dois m'excuser auprès de lui.

— Tu n'as pas à le faire, dit Easton joyeusement. Il en aura d'autres.

Summer s'illumina.

— C'est une bonne chose, répondit-elle. Je pourrais aussi manger le contenu de la prochaine assiette.

Un bruit derrière eux les fit se tourner vers Corey, qui contournait l'arbre pour ramasser son assiette.

— Je vais prendre mon repas avant que tu ne vides la cuisine, dit-il en souriant. Au fait, c'était une belle démonstration.

— Une démonstration de quoi ?

— D'autodéfense. Je t'ai regardé le mettre à terre, c'était simple comme bonjour.

Elle se mit à sourire.

— Merci.

— Tu t'es bien défendue. Je n'ai pas eu besoin d'intervenir. Je l'aurais fait si ça avait été nécessaire.

Elle se tourna vers Easton et annonça :

— Tu vois ? Je t'ai dit qu'il m'avait attaquée en premier.

— Et je t'ai crue. Je n'ai jamais dit le contraire.

Elle le fixa et il la regarda fixement en retour.

— Pourquoi manques-tu à ce point de confiance en toi ? Tu es douée.

Elle se renfrogna.

— C'est juste que je déteste quand personne ne me croit.

— C'est compréhensible, approuva Corey. Aucun d'entre nous n'aime que sa parole soit mise en doute.

Summer se concentra sur ses genoux, prit le café à côté

d'elle et leur expliqua :

— J'ai fait de la compétition. Un jour, j'ai perdu un combat. Je savais que mon adversaire avait triché. Lorsque nous nous sommes affrontées de nouveau, j'ai gagné. Elle m'a, alors, accusée d'avoir triché. La controverse a duré un certain temps. J'ai fini par garder le titre, mais cela m'a laissé un goût amer dans la bouche.

— Ce genre de chose arrive toujours, déclara Easton. Corey, Summer dit que l'homme qui l'a attaquée travaille dans la cuisine.

Corey acquiesça.

— Je l'ai entendue. Summer a raison.

— Nous devons découvrir ce qu'il voulait faire avec son équipement.

— Impossible de le savoir tant que je n'aurai pas regardé les photos, précisa Summer en haussant les épaules. Le problème, c'est que je n'ai pas la moindre idée de ce que les gens auraient pu faire de mal. Alors, ils me paraîtront tous très bien.

Ils approuvèrent. Easton consulta sa montre.

— Finis ton café. Tu pars dans une dizaine de minutes.

Summer désigna son assiette d'un signe de tête.

— Tu ferais mieux de manger.

Easton roula des yeux. Maintenant, Summer s'occupait de lui. Il s'installa pour finir son repas. Ils formaient une sacrée paire. Cette pensée l'arrêta un instant, puis il relativisa. Il s'inquiéterait pour toute personne ayant vécu ce qu'elle avait traversé. Qu'on lui ait tirée dessus le révoltait. Être, ensuite, attaquée ici… en plein jour. Ça n'avait aucun sens. Easton refusait d'envisager que, celui qui orchestrait tout ça, puisse la suivre jusque chez elle.

Ryder s'approcha et s'assit à côté de lui.

— Négatif sur les vérifications de ce matin.

Easton étudia son ami pendant un long moment, passant de ses pensées au commentaire de Ryder. Soudain, il eut un déclic. Le fil de déclenchement de sa tente n'avait pas été actionné, la surveillance n'avait rien révélé d'anormal.

— Bien, chuchota-t-il. Nous allons continuer jusqu'à ce que Summer soit en sécurité, dans l'avion, qui la ramènera chez elle.

Easton devait croire que Summer serait en lieu sûr à San Diego, mais en son for intérieur, il ne voyait pas les choses ainsi.

Tout en étudiant la nourriture fichée sur sa fourchette, il se demanda ce qu'il allait faire.

CHAPITRE 9

EN ÉTANT AUSSI bien entourée, il était impossible que quelqu'un l'attaque encore une fois. Summer se détendit, observant et riant tandis que les SEAL finissaient leur repas, autour d'elle. Elle ne savait pas trop comment elle avait fini par intégrer ce groupe, mais l'idée de les quitter lui arrachait le cœur. Ce n'était pas juste. Elle les connaissait à peine. Elle n'aurait probablement jamais l'occasion de mieux les connaître. Pas même Easton. Et ça, c'était vraiment nul.

Elle ne savait pas comment sa personnalité machiste avait pu avoir un tel effet sur elle. Elle n'avait jamais aimé les imposants mâles alpha. Elle avait toujours préféré fréquenter des petits amis moins grands, moins dominants, moins agressifs, moins menaçants. Quelque chose chez Easton la rassurait. C'était charmant.

— À quoi penses-tu ? lui demanda-t-il en fronçant les sourcils.

Elle se ressaisit, réalisant qu'elle le regardait comme une écolière. Sentant le rouge envahir ses joues, elle répondit légèrement :

— À comment obtenir des photos de toi.

Il y eut un moment de silence avant que les autres ne gloussent.

— Je ne parle pas de photos coquines, précisa-t-elle. Je veux des photos de ton visage, de tes mains géantes.

Easton la contempla, incrédule, leva sa main et l'étudia.

— Qu'est-ce que tu racontes ? Pourquoi qui que ce soit voudrait prendre une photo de mes mains ?

Summer sourit.

— Parce qu'elles sont belles.

Abasourdi, il la regarda fixement.

Elle rit à gorge déployée.

— Je suis une artiste. Je vois les choses.

Corey se présenta devant elle, mains tendues.

— Je n'ai aucun problème avec l'idée que tu me photographies, affirma-t-il, plein d'espoir.

Summer s'esclaffa.

— Je pourrais prendre des milliers de photos de vous quatre, mais il y a quelque chose de très particulier chez Easton. Il a tous ces angles durs, ces crêtes. Des ombres et des lumières nettes.

Elle haussa les épaules.

— C'est difficile à expliquer.

— Ça ne le dérange pas. Il est juste timide, dit Devlin avec douceur.

Espérant que c'était vrai, Summer se tourna vers Easton.

— C'est vrai ? Je peux prendre quelques photos de toi ?

— Bien sûr que non.

Easton lança un regard à Devlin.

— Ça me dérange.

— Ça te dérange que Summer prenne une photo de tes mains ?

Devlin pencha la tête sur le côté.

— C'est assez banal. Seule Summer pourrait l'identifier comme étant ta main. Aucun nom ne serait associé à cette image.

Easton jeta un regard circulaire, se leva d'un bond, chargea toute la vaisselle sale et se dirigea vers le coin cuisine pour la jeter.

Elle le regarda partir en souriant.

— Il est vraiment gêné, n'est-ce pas ?

— Oh, tu as remarqué.

— Je ne veux pas qu'il se sente mal, mais j'aimerais vraiment prendre quelques photos de lui.

— Tu t'assures toujours d'avoir la permission avant de faire des photos ?

— Oui. Toujours.

— Intéressant, dit Devlin. Pourquoi transportes-tu autant de matériel ?

Elle grimaça et expliqua.

— Je peux avoir besoin de me focaliser sur autre chose que le sujet imposé, d'occuper mon esprit, peu importe.

Tous les membres de l'équipe l'étudièrent, fixement.

Easton revint, concentré sur sa montre.

Summer se leva d'un bond.

— J'ai compris.

Elle attrapa ses sacs et les mit à son épaule. Tenir son ordinateur portable dans ses bras était sa seule possibilité. Elle portait tout le reste de son équipement sur son dos.

— Tu ne peux pas mettre l'ordinateur, avec ton matériel ?

— Je le ferai quand je serai dans l'avion, acquiesça-t-elle. J'aurai le temps à ce moment-là.

Ils se dirigèrent, tous les cinq, du côté des bureaux où une jeep attendait. Un soldat en sortit pour échanger avec Devlin, pendant qu'Easton désignait la jeep à Summer.

— Il t'emmènera jusqu'à ton avion.

Summer opina et courut jusqu'au côté passager. Elle déposa ses affaires sur le siège arrière. Puis fit demi-tour et revint vers l'équipe.

— Je déteste les adieux.

Ils lui sourirent. Devlin affirma :

— Ce n'est pas vraiment un adieu pour l'instant. Prends soin de toi.

Elle leur fit un signe de la main et retourna s'installer à sa place. Elle détestait vraiment les adieux.

Le chauffeur monta dans la jeep mais ne démarra pas encore le véhicule. Elle salua les SEAL. Quelques-uns lui répondirent par un signe de la main, pas Easton. Bien sûr, pas Easton. Fixant le rétroviseur, elle lui adressa un beau froncement de sourcils, puis se tourna dans son siège pour demander au chauffeur :

— Combien de temps dure le trajet ?

— Dix à quinze minutes. Ce n'est pas très loin. Vous êtes prête ?

Summer approuva et se cala dans son siège, se forçant à ne pas regarder Easton. Au moment où le chauffeur mit le contact et démarra, elle fut extraite de son siège et des lèvres brûlantes recouvrirent les siennes. Les bras d'Easton étaient durs et doux, il la tenait serrée contre lui, l'embrassant comme s'il la marquait au fer rouge, afin que le monde entier le remarque.

Tout aussi soudainement, elle fut reposée à sa place. Le véhicule l'emmena alors, loin de lui. Summer porta ses doigts à ses lèvres, éberluée par le revirement soudain d'Easton. Son esprit, ses émotions étaient en ébullition. Et son cœur ? Il était en pleine crise…

Soupirant lourdement, elle se concentra sur le paysage qui défilait à toute vitesse.

Ses doigts la démangeaient, elle avait tellement envie d'attraper un appareil photo. Mais, à cette vitesse, il lui serait difficile d'obtenir le moindre résultat.

Ils n'étaient guère à plus de dix minutes de la base lorsqu'elle aperçut quelque chose dans les buissons. Ce qui se passa ensuite lui échappa complètement. Il y eut un bruit étrange, comme un craquement sec, suivi d'une explosion de verre à l'intérieur de la jeep. Elle cria quand des éclats la recouvrirent. Le véhicule s'arrêta lentement.

Elle se retourna pour regarder le conducteur, dont la tête penchait sur le côté. Du sang coulait de son cou.

— Oh, merde.

Summer appuya sa main sur la plaie pour en arrêter l'écoulement, réalisant que, non seulement son chauffeur était blessé, mais qu'en plus, elle était une cible facile. Elle n'avait aucun des numéros du camp pour appeler à l'aide. Pourquoi n'avait-elle pas demandé le sien à Easton ? Elle fouilla dans les poches du conducteur à la recherche d'un téléphone. Elle en trouva un et le sortit. Il était verrouillé et, bien sûr, Summer ne connaissait pas le mot de passe.

Elle attrapa son téléphone et appela son patron en lui criant de contacter la base, que son chauffeur avait été abattu sur le chemin les menant à l'aéroport. Elle fouilla dans son sac, en extirpa un T-shirt de rechange, le plia comme une compresse de gaze, pour comprimer la blessure afin de tenter d'arrêter l'hémorragie.

— Tenez bon, lui enjoignit-elle. Tenez bon. Les secours vont arriver.

Summer ne savait pas s'il l'entendait ou non. Elle ne savait pas ce qu'elle pouvait faire d'autre. Elle ne voulait pas qu'il se vide de son sang. Elle ne pouvait pas le laisser pour courir jusqu'à la base. En même temps, elle ressentait le besoin de faire plus pour lui. Le pauvre homme. On lui avait tiré dessus. Cela lui rappela qu'elle l'avait échappé belle.

Le tireur en avait-il après elle ? Si oui, il allait réitérer. Elle était exposée. Elle jeta un coup d'œil aux alentours, cherchant un endroit où se cacher. Les arbres se trouvaient à une vingtaine de mètres. Elle pouvait courir en zigzag pour, éventuellement, atteindre l'orée du bois, mais cela signifiait quitter son chauffeur… En plus, elle n'avait pas d'arme. À moins que… Elle tendit la main et vérifia le flan du militaire. Elle dégagea son arme de poing. Gardant maladroitement sa main sur son cou, elle souleva l'arme, s'assura qu'elle était chargée et la posa sur ses genoux. Quoi qu'il arrive, elle ne se laisserait pas abattre sans se battre.

Le soldat gémit.

— Les secours arrivent. Ne faites pas de bruit.

Il gémit encore lorsqu'elle pressa plus fort le tissu sur son cou.

— Tenez bon. Continuez à vous battre.

Summer n'avait pas la moindre idée du temps écoulé. Depuis combien de temps attendait-elle ? Affolée, elle ne cessait de pivoter sur son siège, à la recherche d'un panache de poussière qui lui confirmerait l'arrivée des secours… Et pour guetter l'éventuelle arrivée du tireur. Se rapprochait-il ? Attendait-il de voir ce qu'elle allait faire ? Les animaux sauvages ne l'inquiétaient pas. Elle avait appris, depuis longtemps, que les pires prédateurs étaient ceux qui se déplaçaient sur deux jambes.

Elle s'accroupit sur le siège passager, à la recherche de leur agresseur. Son appel remontait à plusieurs minutes. Pourquoi n'y avait-il personne ?

Pourquoi diable n'avait-elle pas demandé le numéro de téléphone d'Easton ? Il devait bien y avoir un moyen de joindre quelqu'un. Elle essaya à nouveau d'entrer dans le téléphone du chauffeur, mais rien ne fonctionnait.

Un craquement retentit derrière elle. Summer s'enfonça dans le siège.

Sa respiration rauque lui permettait à peine d'entendre quoi que ce soit d'autre. Elle ne devait pas paniquer. La vie du soldat dépendait d'elle. Au loin, elle entendit arriver un autre véhicule. Summer s'écrasa dans son siège au maximum, au cas où les tirs recommenceraient. Son imagination s'emballa. Elle était persuadée d'avoir entendu les bruits d'une fuite précipitée. Soit parce qu'ils avaient tiré sur un soldat et l'avaient ratée, soit parce qu'ils étaient préoccupés par le véhicule qui approchait.

Lorsque Summer pensa être en sécurité, elle se redressa légèrement. Elle lança un regard vers l'arrière de la jeep. Plusieurs véhicules fonçaient sur elle.

— Oh, Dieu merci. Tenez bon. Vous allez être en sécurité. Continuez à vous battre.

Des voitures les encerclèrent, les recouvrant d'un nuage de poussière. Les militaires se mirent en position autour du véhicule. Sa main fut retirée du cou du soldat.

Assise en état de choc, couverte de sang, Summer observa les soldats porter rapidement leur camarade blessé sur une civière. Un véhicule repartit, à la base, avec le blessé à son bord.

— Ils ne devraient pas plutôt l'évacuer d'ici en avion ?

Soudain, elle fut saisie brutalement. Toujours assise sur son siège, on la fit se retourner. Elle se heurta au regard dur d'Easton.

— Tu es couverte de sang. Tu es blessée ?

Summer le fixa un long moment, puis secoua lentement la tête.

— Non. Non, il a tiré sur le chauffeur, pas sur moi.

— Bien.

Easton tendit la main vers l'arme qu'elle tenait. Son doigt était toujours sur la gâchette. Elle le laissa lui retirer l'arme et précisa :

— C'est celle du soldat. Je ne savais pas si le tireur allait encore s'en prendre à nous ou non.

Elle prit une grande inspiration. Tremblante, elle considéra Easton, stupéfaite.

— Est-ce que quelqu'un a vraiment essayé de me tuer, encore une fois ?

Easton resta immobile, observant les autres. Summer supposa que ses amis étaient là, mais ses yeux ne voyaient que lui. Il lui fit un signe de tête appuyé. Elle s'effondra dans ses bras.

EASTON ÉTREIGNIT SUMMER et l'écrasa contre sa poitrine. Il baissa la tête, le menton posé sur ses cheveux, la serrant contre lui. Tout son corps tremblait. Le choc lié à ce qui venait de se passer serait difficile à assimiler. Lui-même avait du mal à s'y faire. Il en ferait des cauchemars pendant des années.

Il jeta un coup d'œil à Devlin et tous deux échangèrent un regard sinistre. Ils avaient déjà vu trop de situations comme celle-là. De toute évidence, quelqu'un avait surveillé Summer et apprenant qu'elle allait s'envoler, avait agi. Déterminé à ce que Summer n'atteigne jamais la destination prévue. Quoi qu'ils choisissent de faire maintenant, ils allaient devoir agir rapidement.

Easton lui caressa doucement le dos. Summer était si petite. Pourtant, elle n'était pas maigre. Une masse musculaire décente recouvrait ses os, ce qu'il appréciait. Elle mangeait bien, parfois. Elle s'était manifestement bien entraînée aux arts martiaux… Cela dit, aucun entraînement ne l'avait préparée à des chocs comme celui-ci.

Finalement, Summer recula légèrement. Elle s'essuya les yeux. Elle renifla plusieurs fois, puis murmura :

— Je suis désolée.

Easton pencha doucement son menton vers lui et lui chuchota :

— Ne le sois pas. Tu viens de vivre une expérience difficile.

— Je suis vraiment désolée pour mon chauffeur.

Elle repoussa des mèches de cheveux de son visage et bloqua sur la jeep, maculée de sang.

— Va-t-il survivre ?

— Nous l'espérons. Nous faisons tout ce qui est possible pour lui.

— Je ne savais pas comment l'aider plus, marmonna-t-elle, en pleurant. Ce n'était pas sa faute. Il était juste chargé de m'emmener à l'aéroport.

— Comment étais-tu assise quand il s'est fait tirer dessus ? demanda Devlin. Bien droite ou penchée ? Tu te souviens ?

Summer se concentra, en fixant le siège passager, comme si elle se repassait la scène.

— J'étais assise, je regardais par la vitre, je pensais prendre des photos mais j'ai décidé de ne pas le faire, la route était trop mauvaise. À cause des rebonds, j'essayais de rester sur mon siège. La plupart du temps, ça allait. Mais, il y avait quelques zones inégales. C'est tout ce dont je me souviens, avant le premier coup de feu. Il y a eu un deuxième tir, une fois la jeep arrêtée.

— Il y a de fortes probabilités que tu aies été la cible. Lorsque la jeep a rebondi, le conducteur s'est peut-être déplacé sur la trajectoire de la balle… Et, tu t'en es sortie. Ou alors, peut-être qu'il s'est simplement placé devant toi pour te protéger. Lorsque le tireur s'est rendu compte qu'il s'était trompé de cible, il a filé. Ou bien, il s'est enfui, sans même savoir qui il avait touché. Quoi qu'il en soit, c'était une bonne chose pour toi.

Easton lui câlina l'épaule, les larmes de Summer se déversant toujours.

— Ce n'est pas ta faute.

Elle lui balança :

— Ce n'est pas ma faute. Mais, si je n'avais pas essayé d'aller prendre l'avion, il n'aurait pas été abattu.

— Tu l'as dit, ça aurait pu être n'importe qui.

— Mais, c'était censé être moi.

Elle regarda en direction du camp.

— Je ne veux pas y retourner. Je peux quand même décoller ?

Easton interrogea Devlin du regard :

— Nous allons appeler la base et voir ce qu'ils décident.

Devlin sortit son téléphone et s'éloigna un peu. Easton reporta son attention sur elle.

— Nous allons voir si nous pouvons te mettre dans un avion quand même.

— Ce ne sera jamais assez vite.

Summer enroula ses bras autour de son corps comme pour conjurer la douleur.

Il savait ce qu'elle ressentait. Parfois, les coups n'arrêtaient pas de pleuvoir et tout ce que l'on pouvait faire, c'était essayer de rester debout.

Easton savait ce qu'il voulait faire. La rage brûlait en lui : quelqu'un avait essayé de la tuer.

Un soldat blessé était une chose assez grave. Mais, en

fait, il s'agissait d'une nouvelle tentative d'assassinat sur Summer. Par quelqu'un qui savait qu'elle allait partir et qui voulait s'assurer qu'elle ne puisse pas le faire. Si seulement elle était partie hier. Elle ne serait pas en sécurité ici, tant qu'ils n'auraient pas découvert qui avait fait ça et pourquoi. S'ils ne pouvaient pas la faire s'envoler ce soir, il fallait lui trouver un endroit sûr, loin de tout le monde. Ils devaient examiner ses photos pour voir ce qui leur échappait. Summer ne savait pas ce qu'elle était censée chercher dessus, mais eux le trouveraient peut-être.

Devlin revint, le visage sombre. Alors qu'il ouvrait la bouche, ils entendirent un hélicoptère au-dessus d'eux.

Summer leva les yeux et constata :

— C'est le soldat, n'est-ce pas ?

— Oui. Il est en route pour l'hôpital.

— C'est bien. Et moi ? demanda-t-elle en se mordant la lèvre. Puis-je encore prendre mon avion ?

Easton jeta un coup d'œil à Devlin.

— Verdict ?

— Summer a été redirigée pour partir dans la matinée.

Easton l'entendit haleter mais l'ignora.

— Et ?

— Nous sommes chargés de veiller à sa sécurité.

Satisfait, Easton annonça :

— Bien. J'avais prévu de le faire de toute façon.

Summer le regarda fixement, comme si elle assimilait ce qu'ils venaient de dire, puis recula immédiatement.

— Oh, non, hors de question.

Il l'étudia, se demandant ce qui se passait dans sa tête.

— Quoi ?

— Oh, non, vous ne me surveillerez pas. Pas question que tu joues les gardes du corps.

Étonné, il murmura :

— Pourquoi pas ?

Bien sûr qu'il le ferait. D'autres soldats pourraient être affectés, mais il n'était pas question qu'il la quitte tant qu'elle ne serait pas rentrée, saine et sauve, chez elle. Il ne savait pas comment faire pour que cette dernière partie se produise, mais il ferait de son mieux pour que son superviseur le laisse y aller avec elle.

— Parce que quelqu'un te tirera dessus, s'écria-t-elle en levant les mains pour mieux se faire entendre. Tu ne comprends pas ?

Il lui fit un sourire tordu.

— Donc, je ne peux pas être ton garde du corps parce que je risque de me faire tirer dessus ?

— Exactement.

Devlin s'esclaffa.

— Et moi ? Je peux me faire tirer dessus en étant ton garde du corps ?

Summer se retourna, toutes les couleurs de son visage ayant disparu.

— Non, non, non. Hors de question. Personne ne peut être mon garde du corps parce que c'est exactement ce qui va se passer. Ils essaieront de vous tuer.

Elle secoua la tête, les mains posées sur son crâne.

— Non, il faut que j'aille à l'aéroport maintenant et que je parte par le prochain avion.

Easton la contempla, se demandant à quel moment elle allait comprendre qu'elle n'était pas en sécurité, nulle part. Peu importe qu'elle soit ici, à la base ou à l'aéroport. Il craignait, maintenant, qu'elle ne soit pas non plus en sécurité lorsqu'elle rentrerait chez elle.

— Nous sommes armés, tu sais, dit Ryder en souriant.

C'est pour cela que nous avons été formés, pour nous occuper des personnes en difficulté.

— Je ne veux pas que tu sois blessé, toi non plus, répliqua-t-elle. J'ai déjà assez de sang sur les mains. Je ne peux pas en avoir plus.

— Il n'est pas sur tes mains, argumenta Ryder patiemment. Tu n'es pas responsable de ça.

Easton ajouta :

— Et si l'un d'entre nous se fait tirer dessus en essayant de te protéger, ce ne sera pas ta faute non plus.

Summer lança un regard à Easton, sa colère bouillonnant.

C'était une bonne chose. Il préférait avoir affaire à une Summer énervée qu'à une Summer effondrée.

Le téléphone de Devlin sonna de nouveau. Il décrocha. Après quelques minutes, il se tourna vers elle et annonça :

— Ils veulent que Summer regagne le camp pour répondre aux questions.

Easton acquiesça. Il fallait s'attendre à ce qu'elle soit interrogée. Quelqu'un voulait un rapport complet sur la façon dont son soldat avait été abattu. En fait, beaucoup de rapports allaient être rédigés. Il ne savait pas qui serait chargé de les écrire. Il savait une chose : ce ne serait pas lui. Il avait demandé à la conduire à l'aéroport et avait essuyé un refus. Il n'était pas question qu'il demande encore. Il exigerait. Il n'avait pas l'intention de quitter Summer avant qu'elle ne soit en sécurité dans les airs, qu'il soit son prochain chauffeur ou non.

CHAPITRE 10

D E RETOUR AU camp, Summer fut introduite dans un petit bureau. Easton et Devlin présents à ses côtés.

Deux militaires se tenaient derrière l'homme assis à un bureau. Il lui fit signe de prendre place sur une chaise, en face de lui. Elle s'y installa et attendit, Easton et Devlin se tenant juste derrière elle. La fatigue la frappa comme jamais auparavant. Elle savait que le choc laisserait des traces. Si son conducteur mourait…

Avant que l'homme assis ne puisse parler, elle se pencha en avant et demanda :

— Mon chauffeur va-t-il s'en sortir ?

— Nous l'espérons. Son état a été stabilisé. Il est en route pour l'hôpital le plus proche.

Soulagée, elle se rassit, sur le bout de sa chaise.

— Il y avait beaucoup de sang, murmura Summer.

— Pouvez-vous nous relater ce qui s'est passé ?

Il n'y avait pas moyen de l'éviter. Summer prit une profonde inspiration et raconta tranquillement, calmement – peut-être trop calmement, compte tenu de ce qu'elle avait vécu – le déroulement des événements.

Lorsqu'elle se tut, personne ne prononça un mot pendant un long moment, puis les questions commencèrent. Elle y répondit de son mieux. Non, elle n'avait pas vu le tireur. Non, elle ne pouvait pas dire s'il y en avait un ou plusieurs.

Non, elle n'avait vu aucune des armes. Non, elle ne pensait pas que quelqu'un se soit approché de la jeep. Oui, elle avait entendu des branches craquer. Non, elle n'avait aucune idée de l'origine de ces craquements.

Alors qu'elle répondait aux dernières questions, elle sentit la nausée l'envahir. Finalement, elle s'ébroua et confia :

— Je ne sais pas si je dois rester ici ou si vous allez me trouver un autre avion, mais j'ai besoin de m'allonger.

Elle regarda Easton et lui tendit la main. Il lui répondit. Elle aimait ça chez lui. Utilisant sa force, elle se redressa lentement, sentant la pièce osciller.

Easton l'entoura de son bras.

— Doucement.

Elle lui adressa un pâle sourire.

— Je vais bien. J'ai juste besoin de m'étendre un peu.

Les trois militaires derrière le bureau discutèrent de l'attribution des chambres. Summer s'en moquait. En ce qui la concernait, elle n'était pas partie. Son lit était toujours là.

Devlin d'un côté, Easton de l'autre, ils se retournèrent et la conduisirent vers la sortie. Après un chemin tortueux qu'elle ne reconnut pas et qu'elle espérait ne pas avoir à répéter seule, elle entra dans la tente qui semblait être la même que celle qu'elle avait quittée. Elle se dirigea vers le lit où elle avait dormi et s'assit. Elle se laissa tomber sur le côté, sa tête heurtant l'oreiller. Juste avant de se laisser gagner par le sommeil, elle marmonna :

— Où sont mes bagages ?

Elle entendit un bruit sourd lorsqu'ils atterrirent à côté d'elle. Elle ouvrit les yeux et découvrit Easton. Bien sûr, il avait porté ses bagages pendant tout ce temps.

Elle sourit.

— Merci.

Ses yeux se fermèrent et le sommeil l'emporta. Elle avait désespérément besoin d'un repos réparateur, mais… Des soldats, sans visages, la poursuivaient. À la place d'un rêve heureux sous un ciel bleu éclatant, elle faisait des cauchemars où il n'y avait rien d'autre que terreur et effroi. Une ou deux fois, elle entendit un doux bruissement, puis une main puissante lui caressa l'épaule et la serra doucement.

— Tout va bien. Dors. Tu es en sécurité ici.

Summer reconnut la voix d'Easton. C'était si réconfortant, ses mots exerçaient leur magie jusqu'à ses entrailles. Finalement, elle se détendit et sombra dans un sommeil paisible et réparateur.

Lorsqu'elle se réveilla, elle se retrouva seule. Elle s'appuya sur son coude et regarda autour d'elle. Summer ne savait pas s'il y avait quelqu'un à proximité, elle ne pouvait pas imaginer qu'ils l'abandonnent. Pas après tout ce qui s'était passé jusqu'à présent.

— Il y a quelqu'un ?

Une tête passa à travers le rabat de la tente. Easton.

Elle lui sourit et se recoucha.

— Tu ne m'as donc pas quittée, dit-elle d'un ton taquin.

— Je ne te quitterai jamais.

Elle se mordit la lèvre pour retenir une réplique. Bien sûr qu'il la quitterait à un moment ou à un autre. Elle devait retourner en Californie et il était stationné là, pour une durée indéterminée. Même s'il partait en Californie avec elle, il avait toujours sa vie et elle aussi.

Easton s'assit à côté d'elle et elle laissa ses yeux se refermer.

— Je vais bien, tu sais.

— Tu as l'air d'aller mieux, oui.

Elle rouvrit les yeux.

— Des nouvelles du soldat ?

— Il est à l'hôpital. Son état est critique, mais les méde-
cins pensent qu'il va s'en sortir.

Summer sourit.

— C'est agréable à entendre.

— Il te doit la vie.

— Non. C'est une pensée terrible. Il ne se serait pas fait
tirer dessus si je n'avais pas été là. Je suis contente qu'il ait
des chances de survivre.

Comme il ne disait rien, Summer rouvrit les yeux et le
trouva en train de la contempler comme si elle venait de
Mars.

— Qu'est-ce qu'il y a ?

Elle écarta ses cheveux de son visage, gênée.

— Je dois avoir l'air mal en point.

Elle vit sa main et se figea. Une grimace se dessina sur
son visage. Ses mains étaient couvertes de sang, tout comme
sa chemise.

— J'ai besoin de prendre une douche.

— Tu peux y aller. Nous attendons toujours que les officiers supérieurs nous fournissent les informations concernant
ton départ.

Elle sourit.

— Ce n'était pas vraiment mon plan, mais s'il le faut, je
resterai un jour de plus.

Non pas qu'elle ait le choix. Son téléphone sonna à ce
moment-là. Son patron. Merde, elle ne l'avait pas rappelé.

— Ça va ? s'inquiéta-t-il.

— Ça va. Merci d'avoir appelé les secours.

— Que s'est-il passé ?

Gémissant silencieusement, elle lui raconta les événements.

— Pour l'instant, je ne sais pas quand aura lieu mon départ. Je suis de retour dans ma tente, accompagnée de deux gardes du corps.

— Vous pensez que le tireur en avait après vous ?

Elle réalisa alors qu'il n'était pas au courant des autres incidents. Elle n'avait pas envie de les lui relater.

— Non, c'est peu probable, murmura-t-elle. Faites-moi savoir si vous avez des nouvelles, d'accord ?

— Je le ferai, promit-il.

Lorsqu'elle raccrocha, Easton l'étudia attentivement.

— Pourquoi ne lui as-tu pas dit le reste ?

Elle haussa les épaules et se redressa.

— Il ne peut pas nous aider, alors pourquoi l'inquiéter.

Son regard passa d'Easton à Devlin.

— Nous devrions regarder les photos que j'ai prises et déterminer ce qui vaut la peine de me tuer.

Ils acquiescèrent.

— Nous attendions que tu te réveilles pour te suggérer la même chose.

— Prenez vos ordinateurs et allons-y, dit Summer souriante. Il me reste quelques milliers de données à étudier. J'en ai déjà effacé un certain nombre.

SI EASTON AVAIT eu conscience du nombre de photos à examiner, il aurait demandé à une dizaine d'amis de se joindre à eux. Il savait que la sécurité et la confiance étaient un sujet délicat pour Summer, surtout, après les attaques. Mais, elle aurait peut-être accepté que quelques hommes intègrent leur groupe, en renfort. Actuellement, il n'était même pas sûr de savoir ce qu'il cherchait.

— Je me demande si j'ai saisi quelque chose quand je

vous ai suivis lors de la course. J'ai eu l'impression que quelqu'un m'observait à ce moment-là.

Easton la regarda.

— C'est là qu'on t'a tirée dessus pour la première fois.

Elle haussa les épaules.

— Je n'ai remarqué personne. J'ai pris des photos de la zone, juste au cas où. Elles sont dans le lot. On aura peut-être de la chance.

Jurant en secret, Easton revint en arrière. Quelques dizaines de photos panoramiques apparurent, il prit le temps d'analyser chacune d'entre elles. Il ne voyait rien d'anormal, personne de caché dans les buissons… Même si son ordinateur portable était convenable, il ne possédait pas le meilleur programme graphique pour percevoir des détails comme ceux-là.

Au bout de quelques heures, toutes les photos commencèrent à se brouiller. Summer avait pris certaines des combinaisons de photos les plus étranges qui soient. Easton en avait vu d'autres qui étaient tout à fait logiques, presque thématiques. D'une photo à l'autre, il ne savait pas à quoi s'attendre. Il savait que ses coéquipiers ressentaient la même chose que lui. Ils étaient tous aussi diligents que possible, mais ce n'était pas leur domaine de prédilection. Il était logique de penser que ces photos soient la seule chose qu'elle possédait qui puissent obnubiler quelqu'un. Au point de l'empêcher de les voir, de les utiliser.

Pour l'instant, il n'avait rien repéré d'important.

Easton fit défiler plusieurs photos de militaires présentés debout, au loin, en train de parler. Il les étudia, mais ne reconnut personne. Il en regardait une autre, puis une autre. Il y avait des gens au premier plan, d'autres au second. Il ne remarqua rien de particulier.

Alors qu'il s'apprêtait à passer à la photo suivante, il s'arrêta pour examiner les soldats situés à l'arrière-plan. Il revint à celles qu'il venait de regarder. Il se concentra sur ces photos.

Devlin se pencha vers lui.

— Tu as trouvé quelque chose ?

Easton tapota doucement l'écran et dit :

— Ne serait-ce pas l'homme, actuellement en garde à vue, pour avoir attaqué Summer et essayé de s'emparer de ses appareils photo ?

Devlin s'approcha un peu plus, puis acquiesça.

— En effet, oui. À qui parle-t-il ?

— Regarde leurs mains.

L'image n'était pas assez nette pour qu'on puisse identifier l'autre soldat, mais leurs mains étaient serrées l'une contre l'autre, comme s'ils se transmettaient quelque chose.

Très vite, le reste de l'équipe se rassembla autour de cette image. Les suggestions fusèrent, mais personne n'avait vraiment de réponse et personne ne reconnut les autres visages, présents sur l'écran.

— Quel est le numéro sur cette photo ? demanda Summer. Voyons si je peux en découvrir plus sur eux. Mon ordinateur possède des logiciels plus poussés. Même si, mon laboratoire, à la maison, est bien plus performant, mon ordinateur portable a aussi quelques très bons programmes.

Easton se leva, lui lut le numéro et la regarda lancer une recherche.

Une image s'afficha et Summer annonça :

— Venez ici et voyez si cela vous aide.

Les quatre hommes formèrent un demi-cercle autour d'elle tandis qu'elle procédait à plusieurs ajustements sur la photo, affinant ses traits. Ils restèrent tous immobiles un long moment, puis Easton prit la parole :

— Je sais peut-être qui c'est.

— Qui ? l'interrogea Corey.

— Il était ici il y a quelques jours. Vous vous rappelez quand nous avons eu la visite des gradés ? C'était assez calme, plusieurs personnes sont arrivées ce jour-là. Ils sont repartis assez vite.

— Qu'est-ce que des gradés, en visite, ont à voir avec un gars qui travaille à la cuisine ? questionna Ryder. Ça n'a aucun sens.

— C'était des Américains ou des Canadiens ? demanda Summer.

Easton, Devlin, Corey et Ryder se tournèrent vers elle. Elle haussa les épaules.

— C'est important de le savoir. Nous sommes sur le sol canadien, mais il s'agit d'un effort commun.

Ils acquiescèrent, Easton répondit :

— Ils étaient américains.

Le numéro de la photo étant noté sur un bloc-notes à côté d'elle, elle passa à la série de photos qu'elle avait prises à ce moment.

— Je me souviens d'avoir utilisé les hommes comme point de repère pour effectuer certains réglages sur l'appareil. Je sais que j'ai plusieurs photos de ce moment.

Easton attendit.

Summer en trouva cinq. Puis une autre série. Lorsqu'elle les présenta, tout le monde se pencha en avant pour les voir.

Les militaires sur les photos avaient le visage légèrement détourné. Summer cliqua sur la dernière. L'homme qui l'avait attaquée la fixait.

— Summer, dit Devlin. Peux-tu envoyer cette image sur mon téléphone ? J'ai besoin de parler à quelques personnes.

Pour des raisons de sécurité, envoie-la sur tous nos téléphones et assure-toi qu'elle est stockée à l'abri.

— Bien vu, commenta Easton.

— Ce n'est pas vraiment incriminant, protesta Summer. Les soldats ne font que parler.

Easton continua :

— Nous avons besoin de toutes les photos couvrant cette période. Depuis celles avant que tu ne commences à les photographier jusqu'à celles que tu as prises après.

Il lui fit face.

— As-tu revu ces hommes plus tard ?

Summer se concentra, étudiant les visages.

— Le soldat qui m'a attaquée venait de la cuisine. Les autres, je ne sais pas…

— As-tu d'autres photos du cuisinier ?

— C'est possible. J'ai pris des photos à l'intérieur du réfectoire, mais je n'en suis pas sûre. Il faudra que je les étudie.

Easton lui serra doucement l'épaule.

— Pourrais-tu chercher ces photos maintenant ? Note le numéro de celle-ci et de celles que nous avons examinées, afin de ne pas avoir à recommencer nos efforts. Ensuite, vérifions que nous n'avons pas un autre cliché de ce type.

Devlin s'adressa Easton.

— Je suggère que nous allions parler, tous les deux, à notre commandant.

Easton acquiesça. Il jeta un coup d'œil à Ryder et Corey. Il détestait quitter Summer, ne serait-ce qu'un instant.

Désignant Corey, Ryder affirma :

— Nous restons ici.

— Vas-y. Je suis bien ici, dit-elle en faisant signe à Easton de s'en aller. Fais ce que tu as à faire.

Alors qu'ils se dirigeaient vers la sortie de la tente, Summer lui lança :

— Peut-être que tu devrais demander des nouvelles de mon départ. Quelqu'un devrait en connaître l'heure maintenant.

— D'accord, dit Easton en sortant.

Il demanda à Devlin.

— N'est-ce pas le général Morgan à gauche sur cette photo ?

— Je pense que oui. Je n'arrive pas à distinguer les traits de l'autre militaire. Quelqu'un est également caché derrière lui. Mais pourquoi le général serait-il venu ici ? Et pourquoi aurait-il eu une conversation aussi suspecte ?

— Il se peut aussi que ce soit complètement innocent. Pour ce que nous en savons, le cuisinier pourrait être le fils de la fille de son meilleur ami ou quelque chose comme ça, répliqua Easton en haussant les épaules.

Il détestait l'idée qu'il se passait quelque chose de louche au sein de la base, mais les événements récents étaient plus que suspects. Tout ce qui paraissait étrange nécessitait une enquête.

On leur accorda immédiatement l'autorisation d'accès au quartier du commandant. Ils durent, cependant, patienter dix longues minutes avant de pouvoir pénétrer dans son bureau personnel. Une fois à l'intérieur, Easton ne tergiversa pas et exposa sans détour ce qu'ils avaient découvert. Devlin et Easton sortirent leurs téléphones et affichèrent les photos pour les lui montrer. Le commandant posa sa main sous son menton et les scruta sans un mot. Son visage dénué d'expressions était éloquent.

Easton le fixait, se demandant dans quelle situation ils l'avaient mis. Peu importait, un soldat avait agressé une civile, sur une base militaire qui plus est. Cette personne avait forcément des appuis influents.

— Envoyez-moi une copie de ces photos, s'il vous plaît. Je suppose que vous en avez déjà fait des copies sécurisées, n'est-ce pas ? demanda-t-il.

— Absolument, répondit Easton.

Le commandant soupira et se pencha en arrière.

— Je vais examiner ce que je peux trouver. Êtes-vous certain que c'est lié à l'agression dont elle a été victime ?

— Personne n'a encore avoué quoique ce soit, fit remarquer Easton. Mais cela établit un lien que nous n'avions pas remarqué jusque-là.

Le commandant approuva.

— Cependant, ça reste très circonstanciel. Pour des accusations de cette nature, commenta-t-il, nous devons être absolument certains de nos faits et disposer de preuves solides pour les étayer.

— Évidemment, répondit Easton, tandis qu'il consultait son téléphone. La photographe a pris six, voire huit photos d'eux ensemble.

— Bien sûr, grogna le commandant. Je vais me renseigner à ce sujet.

— Elle se demande également quand elle pourra quitter les lieux et si des dispositions ont été prises pour son départ.

— Rien n'a été décidé pour le moment. Elle restera ici cette nuit. Nous envisageons peut-être de la transférer dans une autre tente, pour sa sécurité.

Easton et Devlin échangèrent un regard significatif.

— Qu'est-ce que j'ignore ? demanda le commandant d'un ton sec.

— Nous avons reçu l'ordre de la surveiller. Nous nous relayons pour veiller sur elle depuis quelques nuits déjà, avoua Easton.

Le commandant fixa Easton droit dans les yeux.

— Votre intérêt est-il purement professionnel ou existe-t-il une dimension personnelle ?

Easton se sentit rougir.

— Les deux, admit-il. J'ai veillé sur elle ces dernières nuits. Cela m'ennuie profondément qu'on s'en prenne à une femme seule. Aujourd'hui, ils ont franchi une nouvelle étape, comme s'ils étaient pris par le temps et elle a été attaquée en public.

— Très bien. Restez à ses côtés jusqu'à ce qu'elle soit à bord de cet avion. Si quelque chose tourne mal, je m'adresserai à vous pour obtenir des réponses.

— Nous devons absolument découvrir qui se trouve derrière ces attaques, sinon elle ne sera pas en sécurité lorsqu'elle rentrera chez elle, rappela Easton au commandant.

— Ce n'est pas si grave que ça, n'est-ce pas ? Quelles étaient les quatre attaques dont nous avons parlé ? s'inquiéta-t-il, comme s'il lui était tout aussi crucial de comprendre le problème que de le résoudre.

Easton et Devlin passèrent en revue les événements précédents.

— Pourquoi n'en ai-je pas été informé plus tôt ? interrogea le commandant, visiblement agacé.

Devlin répondit :

— Hier, lorsque je suis venu vous voir, vous n'étiez pas disponible, alors j'en ai parlé à Halverson.

— Halverson.

Le commandant saisit son téléphone.

— Dans mon bureau, tout de suite, ordonna-t-il.

Halverson arriva rapidement. Easton ne le connaissait que peu, mais il n'avait pas entendu grand-chose de flatteur à son sujet.

Halverson jeta un coup d'œil aux deux hommes et leva les yeux au ciel.

— Encore vous deux ?

Easton le scruta.

— Je ne crois pas que nous nous soyons déjà rencontrés ou parlé jusqu'alors, énonça-t-il posément.

— C'est vrai, mais il est question de votre dernière conquête, non ?

— Ce n'est pas une conquête, mais une femme seule qui a besoin de protection, rétorqua Easton, agacé. Oui, il s'agit de Summer Jones.

Le commandant se tourna vers Halverson.

— Devlin était ici hier pour évoquer les attaques dont elle a été victime. C'est bien ça ?

Halverson haussa les épaules.

— Oui, il a également précisé qu'il était un ami d'Easton Gallagher. Mais, nous ne sommes pas ici pour gérer des amitiés.

— Bien sûr que si, répliqua le commandant d'un ton calme. Nous gérons, également, toutes les agressions, quelles qu'elles soient. Nous sommes des invités sur le sol canadien. Tout acte répréhensible, commis par l'un de nos hommes, est inacceptable. Maintenant, relatez-moi, précisément, ce qu'Easton et Devlin vous ont rapporté.

— J'ai discuté avec Devlin, avoua Halverson, perdant un peu de son arrogance. Il m'a transmis les informations qui lui avaient été fournies.

Le commandant se tourna vers Devlin.

— C'est exact ?

— Oui, c'est exact. Aujourd'hui, elle a été attaquée à la cantine pendant le déjeuner, puis on lui a tirée dessus sur le chemin de l'aéroport.

La stupeur se lut, peu à peu, sur le visage d'Halverson.

— Quoi ? C'était elle, la passagère, quand notre homme s'est fait tirer dessus ? Comment se fait-il que je ne sois pas au courant de ça ?

— Parce que vous ne vouliez pas être mis au courant du reste, je suppose, répondit Devlin d'un ton dur. Il n'était pas de ma responsabilité de vous tenir informé des amitiés d'Easton, n'est-ce pas ?

Halverson baissa les yeux, visiblement honteux.

— Je n'avais pas réalisé à quel point c'était grave.

— Pensez-vous qu'introduire un serpent à sonnette dans la tente d'une femme en pleine nuit n'est pas grave ? s'enquit Easton. Pensez-vous qu'un inconnu pénétrant dans sa tente et la menaçant n'est pas grave ? Qu'une balle frôle sa tête aujourd'hui n'est pas grave ? C'est une escalade. Il n'en faut pas plus pour comprendre qu'elle est une cible. Et il est fort probable que cela vienne de quelqu'un sur cette base.

Halverson était supérieur en grade à Easton et s'apprêtait à le lui rappeler lorsque le commandant prit la parole.

— Halverson, je dois vous parler.

Halverson opina en silence.

Le commandant lui indiqua, d'abord, la porte :

— Donnez-nous cinq minutes.

Easton et Devlin se retrouvèrent à nouveau seuls avec le commandant. Celui-ci s'adressa à Devlin.

— Restez en permanence à ses côtés.

Il jeta un coup d'œil vers la porte, puis vers eux.

— Est-elle seule en ce moment ?

— Ryder et Corey sont avec elle, ils examinent d'autres photos pour voir si l'homme que nous avons en détention apparaît dessus.

Le commandant acquiesça.

— Ne révélez rien à personne. Ne partagez pas les images avec qui que ce soit d'autre. Tenez-moi informé si vous trouvez d'autres clichés du général Morgan.

CHAPITRE 11

S UMMER FROTTA SES yeux endoloris.

— D'habitude, je ne fais pas ça toute la journée. D'ordinaire, cette quantité de travail s'étale sur un mois voire deux. Je suis sûre qu'on rate quelque chose en procédant ainsi, s'inquiéta-t-elle.

— J'espère que non. À trois, ça facilite les choses, non ?

— Si, mais comme nous devons tous voir chaque photo, ça fait beaucoup de travail en double.

— C'est le seul moyen de nous assurer que nous ne manquons rien, lui rappela Corey. Ne t'angoisse pas, Devlin et Easton seront bientôt de retour.

Pour la première fois, Summer fixa l'ouverture de la tente, souhaitant qu'ils arrivent prochainement.

— Je le sais bien. Je suppose que je suis juste nerveuse.

— Tu as de quoi, répliqua Corey. Mais reste concentrée sur les clichés. Nous nous en sortirons.

Elle lui adressa un sourire reconnaissant.

— Vous êtes vraiment gentils.

— Gentils ? s'exclama Corey. C'est une insulte.

Summer s'esclaffa.

— Non, ça ne l'est pas.

— Oh, si, ça l'est, dit Ryder. Les hommes n'aiment pas qu'on les qualifie de gentils.

— C'est idiot. Parce que toutes les filles veulent des

hommes gentils.

— Non, les femmes veulent des hommes dangereux. Elles veulent des mâles alpha. Elles veulent des hommes capables, puissants, forts.

— Et gentils, ajouta Summer.

— Qui est gentil ? demanda une voix provenant de l'entrée de la tente.

Devlin entra, un sourire aux lèvres.

— Je disais juste à Ryder et Corey à quel point ils étaient gentils.

Devlin l'approuva.

— Oui, ils sont vraiment gentils. Des hommes apaisants, calmes. Des pacificateurs.

Cela déclencha une tirade de la part des deux soldats concernés.

Quand elle le put, Summer demanda :

— Où est Easton ?

Devlin sourit.

— Il sera là dans une minute.

Summer s'inquiéta.

— Vous étiez censés rester ensemble. Que se passera-t-il si quelqu'un l'attaque ?

— Tu penses vraiment que quelqu'un pourrait blesser l'un d'entre nous ?

— Ou vous tous. Vous traînez avec moi. Je vous ai tous mis en danger. Vous devriez le savoir.

Le silence se fit dans la pièce, les hommes la dévisageant bizarrement.

— Qu'est-ce que j'ai dit ?

— Nous sommes des soldats d'élite, lui expliqua Corey. Je comprends que tu ne nous connaisses pas et que tu ignores l'étendue de notre formation, mais dis-toi juste que nous sommes ceux qui protègent les autres, comme toi.

Il lui sourit et ajouta humblement :

— Mais, merci de te préoccuper de nous.

Summer lui lança un regard noir.

— Tu te moques de moi ?

— Bien sûr que non, dit-il avec une feinte innocence, posant sa main sur son cœur. C'est juste une expérience nouvelle pour nous. La plupart du temps, nous sommes envoyés dans des situations dangereuses pour aider les autres. Ils ne se soucient jamais de notre santé.

C'est à ce moment-là qu'Easton entra, Summer s'illumina.

— Comment ça s'est passé ? Est-ce que je vais bientôt sortir d'ici ? questionna-t-elle en se levant de sa chaise.

Il secoua la tête.

Elle se rassit dans un profond soupir.

— C'est vrai ? Je dois rester ?

— Est-ce si difficile ? demanda Corey. Après tout, nous sommes des types gentils.

— Passer du temps avec vous ne me pose aucun problème, mais je déteste rester dans un endroit où l'on m'attaque. Ce n'est pas vraiment réconfortant, lui lança-t-elle.

Elle s'adressa à Devlin et Easton.

— Et le chauffeur ? Des nouvelles ?

— Il a été opéré. C'est tout ce que nous savons, mais ils gardent espoir.

— D'accord.

Elle retourna à son ordinateur portable.

— Je vais me concentrer sur ces photos alors.

— Tu peux aussi te concentrer sur ça.

Easton sortit de derrière Devlin, un plateau dans les

mains. Les autres sourirent. Summer regarda le café, l'assiette pleine de fruits et de muffins et sourit.

— Tu dois vraiment avoir peur que je m'évanouisse n'importe quand.

— Une fois m'a suffi, merci, dit-il fermement.

Il déposa la nourriture devant elle.

— Mange.

— Seulement si vous en mangez aussi.

Easton inclina la tête en direction du plateau.

— Il y a un café pour moi, Devlin en a déjà pris un. J'ai pensé que Ryder et Corey pourraient aller choisir eux-mêmes ce qu'ils souhaitent maintenant que nous sommes de retour.

Ryder se leva.

— Nous serons là dans dix minutes.

Corey et lui quittèrent la tente.

Devlin déclara :

— Je vais jeter un coup d'œil dehors.

Easton acquiesça, gardant un œil attentif sur Summer. Elle observa Devlin en train de sortir.

— Que cherche-t-il ?

— Il vérifie que personne ne s'approche et s'assure que personne n'est venu ici pendant notre absence.

Elle n'aimait pas l'idée que quelqu'un la surveille dans l'ombre de la tente.

— As-tu trouvé d'autres photos ?

— Non, pas encore.

Il inspecta celles déjà en sa possession.

— J'ai examiné celles que j'ai prises dans le réfectoire, mais l'homme qui m'a attaquée n'apparait sur aucune.

— Nous allons continuer à les passer en revue pour être sûrs de ne rien manquer. Le commandant souhaite savoir si nous trouvons d'autres clichés. Nous avons, également, reçu l'ordre de les garder secrets.

— Mon employeur a accès au serveur en ligne, annonça Summer, inquiète.

Easton leva la tête, curieux.

— Depuis combien de temps travailles-tu pour lui ? Quel est son nom ? Celui de son entreprise ? Existe-t-il une raison pour laquelle il pourrait te vouloir du mal ? Pour que ces photos l'intéressent ?

Summer le fixa, étonnée par toutes ces questions.

— Absolument pas. Tu te méprends totalement.

— Je vérifie toutes les pistes, toutes les possibilités. Nous ne pouvons pas nous permettre d'écarter quoi que ce soit sans l'avoir examiné au préalable.

Elle se rassit.

— Je travaille en tant qu'indépendante pour Ross depuis cinq ans. Nous n'avons jamais eu de problèmes. Notre relation professionnelle est excellente. Nous réalisons ce genre de clichés en permanence. Les photos de ces militaires ne représentent qu'une infime partie parmi plus de sept mille. Il ne prêtera probablement même pas attention à la plupart d'entre elles. Il ne sait rien de ce que j'ai photographié et ne reconnaîtrait probablement aucun des hommes impliqués.

Easton approuva.

— Compris, mais nous devons en être certains. Alors, ne prends pas ombrage de questions qui pourraient te sembler trop personnelles ou intrusives. Je ne cherche pas à t'offenser. Je fais tout ce qui est en mon pouvoir pour te protéger.

— Merci d'être venu me chercher, d'ailleurs.

— Tu l'as déjà dit.

Il lui jeta un coup d'œil et sourit.

— De rien.

Elle sourit à son tour.

— Eh bien, quand je ne serai plus ici, qui nourrira et soignera tout le monde à ma place ?

— Personne. Tout le monde ici est compétent et peut se débrouiller seul.

Elle rit.

— Être le meilleur parmi les meilleurs, c'est ça ?

— C'est exact, répondit-il sans la moindre modestie. Il y a beaucoup d'hommes et de femmes exceptionnels sur cette base.

— Oui, j'ai remarqué qu'il y avait aussi beaucoup de femmes. Plus que je n'aurais imaginé.

Elle s'interrogea sur ses photos :

— Peut-être que je n'en ai pas suffisamment de ces femmes courageuses.

Instantanément, son esprit partit dans tous les sens.

— En général, nous avons des directives strictes concernant le type de cliché recherché dans ce genre de mission. Cette fois, ils cherchaient une variété d'activités et d'événements liés à l'équipe.

— As-tu des photos des femmes ?

— J'en ai quelques-unes, mais pas autant que je le souhaiterais.

Elle consulta sa montre.

— As-tu une idée de ce qui se passe en ce moment ?

Il secoua la tête.

— Pas la moindre. Tu ne quitteras pas cet endroit. Tu es déjà une cible, devenir une cible visible n'est pas envisageable.

— Mais vous avez déjà un suspect en garde à vue.

— Oui, mais nous n'avons pas le tireur. Nous ignorons qui il est.

Summer le fixa, se demandant si elle pourrait le convaincre de la laisser partir.

Easton déclara :

— N'y pense même pas. Tu resteras enfermée ici jusqu'à ton départ.

Elle releva le menton.

— C'est un ordre ? De qui ? demanda-t-elle.

Il hésita.

— Exactement. Tu veux juste me garder ici.

— C'est plus sûr.

— Non, ce n'est pas plus sûr. Deux des attaques ont eu lieu ici.

— La première fois, tu étais seule. La deuxième…tu ne l'aurais même pas su, si on ne te l'avait pas dit.

— Maintenant que je le sais, confia-t-elle. Je ne peux pas l'oublier.

— Est-ce que quelqu'un sait que tu as peur des serpents ?

— Non. Mais, en ce qui concerne les araignées, il est facile de dire que plus de 80 % des femmes dans le monde en ont peur.

Il acquiesça.

— C'est une bonne chose. Ce n'est pas uniquement une peur féminine. Beaucoup d'hommes que je connais ont une aversion pour les serpents à sonnette.

— En revanche, les araignées, il y a quelque chose chez elles que vous appréciez.

Easton sourit.

— Elles sont bénéfiques pour l'environnement. Elles sont même indispensables. En plus, elles ont de charmantes petites pattes poilues, des yeux intrigants et les parties de leurs corps, articulées, sont absolument fascinantes.

— Peu importe à quel point elles sont bien conçues. Je ne passerais pas mon temps à les étudier.

— Alors, continuons à passer en revue ces images pour être sûrs de ne rien manquer.

Il se plongea à nouveau dans les clichés défilant sur l'écran devant lui.

Summer aurait dû faire de même, mais elle était déjà attablée à cette tâche depuis des heures et elle en avait assez.

Elle tendit la main vers le plateau de muffins, en prit un, le coupa en deux et disposa une moitié dans chacune des deux assiettes. Elle répéta la même opération avec un autre type de muffin. Elle tendit ensuite une assiette à Easton et prit l'autre, s'asseyant pour savourer son repas.

— Pourquoi avoir partagé les muffins ainsi ?

— Et si l'un d'entre eux était nettement meilleur que l'autre ? J'aurais pu déguster un excellent muffin tandis que tu en aurais eu un mauvais.

Il la dévisagea, visiblement surpris.

— Alors, tu as partagé les muffins en deux pour que chacun ait une part du bon ? Ou pour être sûr que tu n'as pas eu le mauvais ?

— Tu as décidé de m'embêter ? Encore ?

— C'est amusant de te taquiner. En plus, tu as tout un tas de petites manies passionnantes qui me rendent la tâche facile.

Summer lui expliqua :

— Quand j'étais plus jeune, c'était presque normal pour les enfants d'attraper le gros biscuit appétissant et de laisser aux autres le moins appétissant. J'ai donc pris l'habitude de faire différemment. Au lieu de prendre l'un ou l'autre, je les partageais pour que tout le monde ait un peu de tout.

— Tu essaies vraiment de créer un monde où tout est

équitable, n'est-ce pas ?

— La vie est ce que nous en faisons. Je ne peux peut-être pas influencer les grandes choses, mais je peux contrôler les petites. Dans mon monde, s'il y a deux sortes de muffins et que je ne les connais pas, il y a des chances pour que je préfère l'un des deux, mais toi aussi. Alors, si nous les partageons, nous aurons chacun un peu du meilleur.

Easton gloussa, prit son assiette et mordit dans la première moitié. Elle fit de même avec la moitié correspondante. Summer observa le muffin.

— C'est bon, mais terriblement sucré.

— C'est parfait, jugea Easton, la bouche pleine de muffin.

Elle éclata de rire.

— Essayons l'autre pour voir.

C'est exactement ce qu'ils firent. Summer préféra celui qu'Easton aimait le moins. Ils échangèrent alors les moitiés pour avoir chacun le muffin qu'ils préféraient.

Summer demanda, curieuse :

— Honnêtement, quel muffin aurais-tu choisi si tu avais eu le choix en premier ?

Easton contempla son assiette et admit timidement :

— J'aurais choisi celui que je n'aime pas.

— Tu vois ? Maintenant, tu as celui que tu préfères et moi aussi.

Il termina son muffin.

— Ce n'est pas si important. C'est juste de la nourriture. J'en ai besoin pour avoir de l'énergie.

— Mais nous devrions nous faire plaisir tous les jours, déclara Summer. Et savourer un muffin que tu aimes peut y contribuer.

Elle savait que son attitude était probablement un peu

trop idéaliste pour la plupart des gens. Elle trouvait du bonheur dans le fait de rendre les choses plus équitables et de profiter de ce qu'elle avait. Elle n'avait pas besoin du meilleur, du plus grand ou du plus luxueux, mais avoir quelque chose qu'elle aimait, c'était bien. Elle buvait une gorgée de son café, au moment où, Devlin fit son entrée.

Il s'arrêta dans l'encadrement de la porte.

Easton se leva rapidement et se dirigea vers lui. Summer le suivit de près, les observant tous les deux. Easton se retourna vers elle, indiqua la table et lui ordonna :

— Reste ici.

— Je ne suis pas un chien. Je ne reste pas et je ne mendie pas, rétorqua-t-elle.

Il lui lança un regard sévère.

— Tu as reçu des ordres. Mes ordres. Retourne à ton bureau et assieds-toi.

Elle croisa les bras sur sa poitrine et leva un sourcil.

Il leva les mains en signe de reddition.

— S'il te plaît ?

Elle hocha rapidement la tête et retourna à son bureau en déclarant :

— Ce n'est pas si difficile d'être gentil. Tu devrais essayer plus souvent. Ryder et Corey le font très bien.

Devlin éclata de rire.

Easton le foudroya du regard, puis fit volte-face pour quitter la tente, l'emmenant avec lui.

Elle les suivit des yeux, marmonnant pour elle-même :

— Ils devraient, tous les deux, essayer.

UNE FOIS DEHORS, Easton s'arrêta à quelques mètres de l'entrée principale de la tente. Il écouta Devlin lui expliquer :

— J'ai trouvé des traces nettes autour de la tente. Mais, le fil de déclenchement est intact. La batterie de la caméra était à plat. Je l'ai remplacée et j'ai fait une vérification rapide. Je n'ai rien vu de suspect sur les images, ce qui est étrange compte tenu des circonstances.

— Assurément.

Easton réfléchit à tout ce qu'ils savaient.

— Ils ont pris le risque de la poursuivre dans la jeep. Je regrette vraiment de ne pas m'être plus démené pour l'accompagner.

— Peut-être qu'après l'échec de l'attaque de la cantine, ils ont préféré opter, de nouveau, pour un sniper. Ils avaient déjà essayé.

Easton se redressa, prenant en compte le fait que de nombreux témoins l'avaient vue se défendre contre son agresseur. Elle en était sortie sans une égratignure. Sa démonstration avait peut-être dissuadé le sniper de s'en prendre directement à elle et l'avait incité à agir à distance. Ou bien…

— Il pourrait s'agir de quelqu'un que nous voyons régulièrement.

— Il y a aussi beaucoup d'équipement sur la base, ajouta Devlin.

Frustré par la situation, désireux de faire quelque chose pour la protéger, Easton marmonna :

— Je déteste attendre.

— Nous le savons tous. C'est pareil pour nous. Elle est en danger. Personne ne peut prévoir d'où viendra la prochaine attaque. Il est évident que nous allons passer la nuit ici.

— C'est bien. Mais cela ne solutionne en rien le fait que Summer pourrait très bien être en danger, après son retour chez elle. Ce n'est pas comme si personne ne connaissait son identité, son lieu de travail et son domicile. Si nous ne réglons pas ça avant son départ, elle sera vulnérable.

— Nous avons un agresseur en garde à vue. Est-ce qu'il coopère ?

Easton lui jeta un regard en coin.

— Nous savons comment cela se passe généralement.

Pendant qu'ils discutaient, Ryder les rejoignit en courant, couvrant rapidement la distance qui les séparait.

Easton demanda :

— Que se passe-t-il ?

— Son agresseur, Harry Lemans, s'est suicidé alors qu'il était sous une surveillance stricte. Les gardes l'ont trouvé en train de s'étouffer avec un morceau de papier. Il a procédé de telle façon qu'ils n'ont pas pu l'empêcher. Il est mort sous leurs yeux.

— Oh, bon sang.

Easton retourna dans la tente, ne sachant pas comment Summer allait réagir à cette nouvelle. Il était perturbé par la tournure que prenaient les événements. À son grand soulagement, Summer était toujours en train de grignoter, tout en examinant des photos.

— Je peux rester seule quelques minutes. Ce n'est pas grave, dit-elle sereinement.

—Ton agresseur vient de se suicider. Il a choisi la mort plutôt que d'affronter son avenir. Quand quelqu'un fait ce choix, c'est que son avenir s'annonce insupportable.

— Tu penses qu'il est responsable de la fusillade ? Non, ce n'est pas possible. Il était sous une surveillance stricte. Il doit avoir travaillé avec quelqu'un d'autre, commenta Summer, stupéfaite.

— Je pense que son acolyte, sur la base, l'a probablement

fait.

Elle approuva.

— Pauvre homme. Prendre une mesure aussi extrême…

Summer était un paradoxe vivant. Peut-être que les apparences étaient trompeuses. Elle était clairement compétente, elle se défendait très bien. Elle l'avait prouvé quand elle avait fait face à Lemans dans le réfectoire. Cependant, son absorption dans son travail artistique lui faisait totalement oublier d'assurer ses besoins de base, tel que manger. C'était une dualité entre compétence et besoin de protection. Le développement récent ne faisait qu'aggraver la situation. Avec la mort de Lemans, il était devenu impossible de lui soutirer le moindre renseignement. Easton s'assit devant son ordinateur, ferma toutes les photos et lança une recherche en ligne. Bien qu'il ait déjà collecté des informations sur Lemans, la situation exigeait désormais une vigilance particulière. Les événements s'étaient précipités. Aucune issue ne semblait se profiler à l'horizon. Il ne comptait pas dormir cette nuit, veillant sur elle. En tant que SEAL, il était bien plus qu'un simple garde du corps.

Mais comment lutter contre un ennemi insaisissable ? Easton était habitué aux missions où il avait des cibles bien définies, souvent des terroristes. Des ennemis tangibles à traquer et à éliminer. Cette fois, c'était différent.

Rapidement, il fit apparaitre, sur l'écran, les informations concernant Lemans : âge, relations et histoire familiale. Le frère de Lemans avait une entreprise en Californie, ses parents possédaient un magasin dans la même région. Ils étaient des immigrants. Ils vivaient dans le pays depuis qu'Harry avait moins d'un an, son frère aîné en avait quatre à l'époque. Harry était un élève moyen, ne brillant pas particulièrement, sans spécialisation. Il n'avait jamais terminé le lycée. Easton envoya un courriel à Mason. Son téléphone sonna quelques instants plus tard, il dit à Summer :

— Je dois prendre cet appel.

Elle le considéra, étonnée.

— Tu penses que je vais t'empêcher de répondre ?

Il lui lança un regard noir.

— Je dois sortir.

— Je ne vais pas m'échapper.

À l'extérieur, il fit signe à Devlin en tendant son téléphone.

— C'est Mason.

Devlin hocha la tête en signe de compréhension et entra dans la tente, laissant Easton debout dans l'embrasure de la porte pour surveiller.

— Hé, je n'ai pas besoin d'être sous protection en permanence, déclara Summer quand elle aperçut Devlin.

— Et si je veux juste passer du temps avec toi ? plaisanta-t-il.

— Bien sûr que non. Tu veux simplement rentrer chez toi et retrouver ton amoureuse.

— Quelle amoureuse ? demanda Devlin avec méfiance.

— Tu es déjà attaché émotionnellement et mentalement, même si tu ne portes pas d'alliance. Les voyages loin de chez toi comme celui-ci te sont difficiles, tu veux juste être avec elle.

Easton se détourna à ce moment-là. Ses pensées étaient à la fois fascinantes et proches de la réalité.

— Qu'est-ce qui se passe, bon sang ? murmura Mason à l'oreille d'Easton.

Easton lui expliqua brièvement.

— Son suicide a eu lieu ce matin, nous creusons dans sa vie.

— Pourquoi ?

Au ton de sa voix, Mason donnait l'air de comprendre et d'être curieux à la fois.

— Je ne suis pas sûr qu'il se soit suicidé.

D'une voix froide, Easton poursuivit :

— Le fait est qu'il pourrait très bien avoir été assassiné.

Un silence s'ensuivit.

— Où est Summer ?

— Près d'ici, sous la surveillance de Devlin. Je ne la perdrai pas de vue tant que ce ne sera pas terminé.

— Je comprends.

Connaissant l'histoire de Mason et de sa partenaire, Tesla, Easton savait que Mason disait vrai.

— Mason, j'ai besoin de quelqu'un possédant le bon logiciel pour regarder de plus près certaines images.

— Tesla a un bon logiciel.

— Je ne suis pas censé partager ces photos.

Le silence se prolongea.

— Envoie-moi les photos. Je parlerai au commandant.

Mason raccrocha.

Easton sourit. C'était l'une des grandes qualités de ses amis. Ils étaient toujours là pour lui.

Il trouva intéressant que Mason n'ait jamais posé de questions sur Summer. Dès qu'Easton avait dit qu'elle était en danger, Mason avait répondu présent. Easton n'en savait pas encore beaucoup sur elle non plus, mais il avait conscience de son besoin de la savoir en sécurité.

— Je n'ai pas envie de savoir à quel point c'est essentiel pour moi, se dit-il à voix haute.

Quelques militaires passèrent devant lui, le regardant étrangement.

Il haussa les épaules et sourit.

— Bienvenue dans mon monde.

Puis résolu, il se redressa, fit demi-tour et regagna l'intérieur. Il partagea l'information avec Devlin.

— Il m'a demandé de lui envoyer les photos. Il va appeler le commandant.

Easton sortit son téléphone et appela Ryder.

— Nous avons besoin de plus de détails sur le décès, pour avoir la certitude qu'il s'agit bien d'un suicide. Nous avons aussi besoin de la permission d'envoyer certaines photos à Mason. Il contactera le commandant directement, mais nous devons le faire aussi.

— C'est fait.

Ryder raccrocha.

— Il faut vraiment aimer Ryder et son attitude directe, sans états d'âme, commenta Easton.

Devlin acquiesça.

— Il fait ça tout le temps.

— Il est gentil aussi, murmura Summer.

Devlin ricana.

— Si, vous devriez prendre exemple sur Ryder, assura Summer. Il est beaucoup plus gentil que vous deux.

Devlin éclata de rire.

— Je suis assez gentil, plaida-t-il. Easton est peut-être un peu dur sur les bords, mais il a bon cœur.

Summer soupira.

— Oui, c'est vrai. Je le reconnais.

— Merci, dit Easton, d'une manière exagérée, en retournant à son ordinateur portable.

Il devait bien y avoir quelque chose à découvrir. Et vite. Il n'allait pas laisser un connard prendre le dessus sur lui.

Le téléphone de Devlin sonna quelques minutes plus tard.

— Merci, Monsieur. D'accord, je lui dirai.

Quand il raccrocha, il s'adressa à Easton :

— La mission a approuvé le partage des photos avec Mason. Le vol de Summer part dans deux heures.

Summer s'illumina.

— Même si j'adore le Canada, j'ai hâte de rentrer chez moi.

Easton se retint de lui dire qu'elle était probablement plus en sécurité ici. Il ne voulait pas qu'elle panique. Comment pouvait-il l'avertir de faire attention sans pour autant l'alarmer ? Devlin lui ôta les mots de la bouche.

— Je sais que tu veux rentrer chez toi, dit-il. Et je sais ce que tu ressens, mais tu devras être prudente une fois là-bas.

Summer le regarda, dubitative.

— Un homme s'est suicidé à cause de cette histoire. Il ne travaillait pas seul.

Easton ajouta :

— Alors, si tu rentres chez toi, il est hors de question que tu y ailles seule.

— Je vis seule. C'est ce que je préfère. Le danger est ici. Quand je rentrerai chez moi, les choses se calmeront, lui répliqua Summer, furieuse.

— Tu le crois vraiment ? murmura-t-il.

Elle s'affaissa sur place.

— Non.

CHAPITRE 12

SUMMER FIXAIT EASTON de façon à ce qu'il ne la remarque pas. Elle ne pouvait pas s'en empêcher. Il était de ceux nés pour être des gardiens. Elle n'en avait pas rencontré beaucoup. Bien sûr, l'armée était pleine de mâles alpha, mais Easton semblait être au-delà, en en faisant, à chaque fois, toujours un peu plus.

Elle ne surveillait jamais ni son taux de glycémie, ni si elle avait mangé, Easton le faisait pour elle. Pour la première fois depuis qu'elle avait été attaquée, elle se sentait protégée, avec ses coéquipiers et lui, à ses côtés. Lorsqu'Easton ne pouvait pas rester avec elle, il s'assurait toujours que quelqu'un d'autre était là. Summer ne comprenait pas très bien ce qui le motivait. Était-ce simplement sa nature protectrice ? Le fait qu'elle paraisse être une petite femme sans défense ? Ferait-il de même pour quelqu'un d'autre ? Pour une autre femme ? Summer espérait que non.

Elle voulait croire qu'Easton l'aimait bien. Même s'il ne le montrait pas. Enfin, à part lors de ces deux baisers, qu'il avait, ensuite, nié lui avoir donnés. Summer savait qu'elle devait partir, mais, en même temps, elle n'en avait pas envie. En fait, elle ne voulait pas quitter Easton. Son cœur se serrait, encore, pour son chauffeur, qui avait été une victime innocente, dans toute cette histoire. Elle ne voulait pas que quelqu'un soit blessé. Elle n'avait jamais imaginé que quelque chose puisse arriver dans une base militaire. Easton avait-il raison ? Est-ce que cette histoire allait la suivre jusque chez elle ? C'était la dernière chose qu'elle souhaitait.

— Qu'est-ce que tu regardes ?

— Ton visage, répondit-elle. Je veux toujours prendre des photos de toi.

— Pas question.

— Je vais continuer à essayer de te convaincre, promit-elle.

— Ça ne changera rien, répliqua-t-il en relevant la tête.

Summer appuya son menton sur ses mains, continuant à le fixer. Elle aimait ce menton carré, ces pommettes hautes, ces yeux profonds d'un bleu si intense. Ils étaient comme des lasers. Elle lui adressa un sourire radieux.

— Tu devrais être mannequin.

L'expression choquée de son visage la fit rire aux éclats.

— D'accord, pas un mannequin de magazines, mais un mannequin représentant le mâle alpha. Un héros du monde.

Summer se leva.

— Ce n'est pas une mauvaise idée. On a besoin de plus de héros.

Easton renifla.

— Tu te trompes de personne. Adresse-toi à la société de Levi pour ça.

— La société de Levi ? questionna Summer, perdue.

— Peu importe. C'est juste des amis à moi.

— J'aimerais bien les rencontrer.

Elle ne comprit pas le mouvement de ses lèvres. Elle insista.

— Travaillent-ils avec vous ?

— Non. Ils étaient tous militaires, mais maintenant, ils travaillent pour une société de sécurité privée.

— C'est intéressant. Je pourrais faire une fabuleuse séance photo avec eux.

Il secoua la tête.

Elle le contempla.

— Cela signifie-t-il qu'ils ne feront pas de photos non plus ? Ça leur ferait de la publicité, affirma-t-elle dans un sourire.

— Ils n'ont pas besoin de publicité. Ils sont déjà surchargés de travail, s'esclaffa-t-il.

— Comment se fait-il que tu n'aies pas de compagne ?

Il leva, de nouveau, son regard vers elle et lui demanda d'un air détaché :

— Qu'est-ce qui te fait penser que je n'en ai pas ?

— Tu t'occupes beaucoup trop bien de moi. Si tu avais une partenaire à toi, tu aurais peur qu'elle se fâche.

Il lui lança un regard noir.

— N'importe quoi.

— Avoue-le.

— Non, parce que je n'aurais pas de compagne qui ne me fasse pas confiance.

Elle se rassit et le fixa.

— Je suis vraiment contente d'entendre ça. Maintenant que nous savons que la confiance est importante pour toi, dis-moi, qu'est-ce qui t'importe d'autre dans une relation ?

— Je ne veux pas avoir cette conversation, lui répondit-il, en appuyant son propos d'un mouvement de tête.

— Pourquoi ?

— Parce que je travaille.

— D'accord.

Summer retourna à son écran, se plongeant dans ses photos, jetant les plus moches et déplaçant les belles dans un dossier à part.

— C'est quand même une conversation que nous devrions avoir.

— Pourquoi ? Nous n'avons pas de relation.

— Non, mais je n'aurais rien contre.

Le silence emplit la tente.

À l'intérieur, Summer grimaçait. Ce n'était pas du tout sa façon de faire habituelle. D'ordinaire, elle était beaucoup plus subtile lorsqu'elle aimait quelqu'un. En même temps, elle ne pensait pas que cela fonctionnerait avec Easton. Elle releva les yeux et le trouva en train de la contempler, d'un regard qu'elle ne saisissait pas.

— Tu essaies de me dire que tu n'es pas intéressé ?

Easton s'apprêta à parler, mais, finalement, préféra se taire.

Summer lui adressa un sourire impudent.

— Tu vois ? Tu ne peux même pas me dire ça. Tu refuses de l'admettre.

Il croisa les bras sur sa poitrine.

— Tu n'aimes pas non plus les conversations privées sur les relations, s'esclaffa Summer.

— Ce n'est pas le bon moment.

— Absolument. C'est un peu difficile de parler de relations ici.

Elle se pencha en avant.

— Tu peux venir avec moi ?

Il secoua la tête.

— Ah, donc tu ne veux plus passer du temps avec moi ?

— Ce n'est pas ce que j'ai dit, protesta-t-il, agacé.

— Est-ce que tu dis ça pour ne pas me blesser ?

Il nia.

Le cœur de Summer lui faisait mal. C'était de sa faute. Elle aurait dû se taire. Elle le connaissait à peine. Elle aurait dû le laisser tranquille. Elle n'y arrivait pas. Elle voulait, juste, savoir s'il était intéressé ou s'il faisait semblant de ne pas l'être.

— Je dois rentrer chez moi et l'oublier.

— Ah oui ?

— Je ne voulais pas que tu entendes ça, maugréa-t-elle.

— Trop tard.

— Oublie ce que tu as entendu, lui jeta-t-elle dans un regard noir.

Easton se pencha, les yeux brillants de malice.

— Les évènements prennent une meilleure tournure…

— Non. Je ne trouve pas, lui balança-t-elle, furieuse.

— Si, je trouve, affirma-t-il.

Ils s'observèrent jusqu'à ce que des gloussements provenant de l'entrée les fassent considérer Devlin qui se moquait ouvertement d'eux, les bras croisés sur la poitrine.

— C'est quoi ton problème ? lui demanda Summer.

— Je n'en ai aucun, répliqua Devlin d'un ton enjoué. C'est vraiment chouette de voir que ça arrive à quelqu'un d'autre, pour une fois.

— Ça n'a aucun sens, lança Easton à son ami.

— Peut-être que oui, peut-être que non, dit Summer avec un sourire.

C'était agréable de voir qu'Easton était un peu secoué.

— Tu lui fais du bien, commenta Devlin en l'encourageant.

— Peut-être. Sauf qu'il ne m'aime pas, prononça-t-elle doucement.

— Je n'ai pas dit ça, s'emporta Easton.

— C'est ce que je ressens, répliqua-t-elle, le fusillant du regard. Tu veux juste que je retourne en Californie.

— Je n'ai pas dit ça non plus, affirma-t-il, perdu. J'ai

juste besoin que tu sois en sécurité.

MINCE. EASTON LA considéra fixement, se sentant lâche.

Bien sûr qu'il voulait voir Summer à son retour en Californie. Mais les choses allaient un peu trop vite pour lui. Il n'était pas sûr d'être prêt. Il savait qu'il ne l'était pas. Il ne voulait pas revivre le même scénario que par le passé. Summer n'avait aucune idée de ce que signifiait vraiment vivre avec un militaire. Il était appelé au milieu de la nuit. Parfois, il fallait patienter des jours, des semaines avant qu'il ne revienne. Elle n'était pas prête pour cela.

Devlin, avec Bristol, était dans une situation tout à fait différente. Bristol était tellement absorbée par son travail que Devlin devait la ramener à la réalité. Ils s'en sortaient très bien tous les deux. Easton ne pensait pas qu'il en serait de même pour Summer. Summer avait besoin d'un gardien qui puisse lui faire penser à manger avant qu'elle ne s'évanouisse, qui puisse la suivre, transporter son matériel lorsqu'elle travaillait… Summer se laissait complètement engloutir par son travail et Easton la ramenait à la réalité… Un peu comme Bristol et Devlin, finalement.

Easton réfléchit, n'étant pas sûr d'aimer cette comparaison. Certes, par certains aspects, il ressemblait à Devlin, mais sa petite voix intérieure lui disait qu'il était aussi très différent.

Devlin gloussa.

— C'est la phase la plus intéressante.

— Occupe-toi de tes affaires, balança-t-il à son ami.

— Mais ce sont mes affaires, dit Summer avec un grand sourire.

— Je suis content que tu trouves ça drôle, répliqua Easton. Je ne peux pas dire que ça m'amuse autant.

Son visage passa de l'humour au regret. Elle se pencha vers lui et prit sa main dans les siennes.

— Je suis désolée. Je ne voulais pas te troubler. Je ne voudrais jamais te blesser, te mettre dans l'embarras…

Il la dévisagea, surpris de voir ses beaux yeux briller comme du mercure. Elle était d'une honnêteté si absolue. Elle n'avait pas voulu le mettre dans l'embarras, elle l'avait taquiné, mais il l'avait mal pris parce qu'il s'était senti acculé. Il avait vraiment envie de la revoir, il fallait qu'il le lui fasse savoir. Il secoua la tête, ne sachant que dire.

— Ce n'est pas le moment d'en parler.

— Je pars dans moins de deux heures. Ce n'est pas comme s'il y avait d'autres moments pour ce genre de discussion.

Il soupira.

Devlin rit.

— Continue à le pousser. Il a eu une mauvaise expérience. Tu dois l'aider à surmonter ça, dit-il à Summer d'un ton encourageant.

Easton scruta Devlin, promettant de se venger.

— Easton, il est temps que ça t'arrive. C'est tellement précieux qu'il faut en profiter au maximum, lui confia son ami.

— Je ne suis pas sûr qu'il m'arrive quoi que ce soit, s'emporta Easton.

— Oh que si. C'est juste que tu ne peux pas le voir. Nous, si.

Summer se tourna vers Devlin.

— Qu'est-ce que vous voyez ?

— Easton devra te le dire lui-même. Mais ce que nous voyons, c'est tout ce qu'il y a de bon dans son avenir, lui répondit Devlin gentiment.

— Dans le mien aussi ? demanda-t-elle avec un sourire plein d'espoir.

— De bonnes choses pour vous deux, s'esclaffa Devlin.

C'est alors que Ryder revint. Sachant qu'il était sorti d'affaire, Easton se détendit. Mais, il ne put s'empêcher d'examiner Summer à ses côtés. Il n'avait jamais rencontré quelqu'un d'aussi généreux et franc. Elle observait Ryder tandis qu'Easton était perdu dans ses pensées. Elle était si différente de tout ce qu'il avait connu jusqu'à présent, qu'il ne savait pas comment la cerner.

— Easton ?

Ryder attira son attention.

Easton le fixa.

— Qu'est-ce qu'il y a ?

— Oh, rien. Je te taquinais, c'est tout.

Easton soupira, sentant la chaleur monter dans son cou.

— Maintenant que vous avez tous eu votre dose de plaisanteries à mes dépens, revenons à nos moutons, s'il vous plaît, grogna-t-il.

— Summer part pour l'aéroport dans un peu plus d'une heure. Trois véhicules voyageront en convoi sur ordre du commandant. Il enquête sur la mort de son agresseur. À première vue, il s'agit d'un suicide. Il y avait deux gardes. Peut-être trois.

— Pourquoi y aurait-il eu trois soldats ? demanda Easton. Cela semble excessif.

— Apparemment, il flotte une certaine confusion quant au nombre de militaires présents. Ils faisaient beaucoup d'aller-retour.

— Quelqu'un aurait-il pu le tuer ?

— Ou un des gardes l'aurait-il assassiné ? demanda

Summer. Cela me paraitrait la conclusion la plus logique.

Les hommes se tournèrent pour l'étudier.

— Pourquoi serait-ce la conclusion la plus logique ? interrogea Devlin.

— Il n'y a pas eu assez de temps pour qu'un étranger agisse. Les gardiens, étaient-ils à la vue de tous ou se tenaient-ils à l'intérieur ? S'ils étaient dehors, l'un des gardes peut très bien s'être introduit à l'intérieur, l'avoir tué et être ressorti ensuite. Personne ne l'aurait remarqué. Ou mieux encore, deux d'entre eux étaient impliqués. L'un montant la garde à l'extérieur pendant que l'autre procédait à l'assassinat. Tout en faisant croire à un suicide. Ils auraient pu se fournir un alibi l'un à l'autre.

Devlin acquiesça.

— Ce serait la méthode la plus simple et la plus facile, bien que les choses se passent rarement ainsi.

Easton la fixa.

— Parfois, tu es inquiétante.

— Je vois des choses que la plupart des gens ne perçoivent pas, déclara Summer calmement. Ce serait très intéressant d'interroger les gardes, d'observer les réactions de leurs visages. Les gens mentent constamment. Quand j'ai un appareil photo, je le décèle toujours.

— Tu as forcément besoin d'une photo ? demanda Easton.

— Non, je sais lire les visages. Je préfère, juste, les regarder à travers mon objectif.

Les hommes se consultèrent et Devlin interrogea Easton :

— Quelles sont les chances que Summer puisse interroger les gardes ?

Elle se leva.

— Si c'est possible, faisons-le maintenant.

— Nous devons d'abord en obtenir l'autorisation, répliqua Easton.

— D'accord, allons-y.

Summer se précipita vers la porte.

— Comme je dois partir bientôt, plus tôt ce sera, mieux ce sera.

Easton ne put s'empêcher de la suivre en courant.

— Sais-tu au moins où tu vas ?

Elle lui jeta un regard et éclata de rire.

— Non, mais je sais que je peux compter sur toi pour me guider quand je m'égare.

Il maugréa en silence et se mit à courir pour la rattraper.

Des éclats de rire fusèrent derrière eux.

— C'est un spectacle magnifique à voir, s'exclama Ryder. C'est une gardienne, Easton.

Devlin éclata de rire.

— N'est-ce pas ?

Easton comprenait parfaitement ce qu'ils insinuaient. Il n'avait absolument pas l'intention d'engager une discussion sur les gardiens. S'ils pensaient qu'elle était parfaite pour lui, qu'elle était la personne qui lui fallait, ils se trompaient lourdement. La dernière chose dont il avait besoin était de consacrer sa vie à prendre soin de quelqu'un.

Ce n'était pas possible. Sa compagne ne devait pas être constamment à la recherche de sa protection. Bien sûr, c'était naturel. Mais, il souhaitait une partenaire qui puisse marcher à ses côtés. Il ne voulait pas avoir à se demander, si elle était capable de se débrouiller en son absence…

Easton observa la silhouette mouvante devant lui. Summer avait pris de la vitesse.

— Attends, hurla-t-il, la puissance de ses jambes le propulsant à sa suite.

Son rire avait la clarté de celui d'un enfant. Il la rattrapa. Il était troublé par sa spontanéité, par sa joie de vivre. Où étaient passées l'amertume, les manigances, la fatigue, voire la manipulation ? Il n'était pas habitué à ce genre d'esprit qui traversait la vie à toute allure, passant d'une minute consacrée à son art à la minute suivante où elle se battait contre un homme deux fois plus grand qu'elle. Il n'était toujours pas familier de cette idée. Il reconnaissait secrètement que sa victoire dans ce combat signifiait qu'elle était capable de se débrouiller seule. Mais…

En contournant une tente, il la vit ralentir et s'arrêter devant quatre hommes. L'un d'eux était son commandant. Il grimaça et freina juste derrière elle. Easton saisit la main de Summer et la tira doucement en arrière.

— Désolé, Monsieur.

Le commandant le considéra, puis Summer, puis le regarda à nouveau avec un sourire malicieux au fond des yeux.

— D'après ce que je vois, vous n'avez pas grand-chose à dire à ce sujet.

— Vous avez totalement raison, répondit-il, une pointe d'amusement dans la voix.

Summer fit face au commandant, affichant un magnifique sourire ensoleillé :

— Vous voyez, je l'ai trouvé.

Puis elle lui demanda :

— Me serait-il possible de parler aux hommes qui montaient la garde lorsque mon agresseur est décédé ?

Le commandant énonça, dubitatif :

— Ce n'est pas une bonne idée.

— Mais si. Dans mon travail, j'étudie les expressions des gens. Comment elles se modifient en fonction des questions et des réponses, révélant des secrets, dissimulant des choses, poursuivit Summer avec sérieux. Je n'ai pas besoin de mon appareil photo pour faire ça. J'aimerais observer leurs visages pendant que je leur pose quelques questions.

— Ce n'est pas conforme au protocole, refusa-t-il.

Elle releva légèrement le menton, le fixant.

— Attaquer une photographe était-ce conforme au protocole ?

— Les gardes ne vous ont pas attaquée, répondit doucement le commandant.

— Oh, vous avez appréhendé le tireur embusqué, n'est-ce pas ? s'emporta Summer.

Easton retenait son souffle, serrant doucement la main de Summer pour la mettre en garde.

Le commandant la contempla en silence un long moment, puis esquissa un sourire.

— Non, nous n'avons pas encore appréhendé le tireur embusqué. S'il y en avait un.

— Si ? Vous pensez que j'ai tiré sur le chauffeur ?

Son choc était palpable, Summer vacilla.

Easton la soutint en lui saisissant les épaules en signe de réconfort.

— Comment pouvez-vous penser cela ? s'écria-t-elle.

Le commandant précisa :

— Ce n'est pas ce que je voulais dire. Ce que je voulais dire, c'est que nous ne sommes pas certains que l'homme qui s'est suicidé n'était pas le tireur embusqué.

— Il ne pouvait pas l'être. À moins qu'il n'ait été relâché après m'avoir attaquée…

Les yeux de Summer se rétrécirent.

— L'avez-vous laissé partir ? Après ce qu'il a fait ?

— Non. Nous ne l'avons pas libéré, mais il a été laissé

sans surveillance pendant un certain temps. Il est évident que nous ne pouvons pas prouver qu'il était le tireur embusqué. Il est fort possible qu'il ait eu un complice, admit le commandant.

Elle croisa les bras sur sa poitrine.

— Étant donné que j'ai été deux fois la cible de tirs, que j'ai été physiquement attaquée, j'aimerais beaucoup interroger les trois hommes qui montaient la garde lorsque mon agresseur est mort.

Le commandant ouvrit la bouche pour répondre.

Summer ignora sa prochaine objection.

— Je pense que j'ai ce droit.

Il secoua la tête.

— C'est moi qui dois vivre avec les cauchemars. C'est moi qui ai besoin de savoir s'il a dit quelque chose, s'il a fait quelque chose ou s'il a donné des explications sur les raisons qui l'ont poussé à faire ça, persista-t-elle.

— Je peux vous assurer que nous allons enquêter en profondeur, déclara le commandant.

— Mais vous ne pouvez pas me débarrasser de mes cauchemars. J'ai besoin de voir son corps et j'aimerais parler aux trois hommes qui montaient la garde lorsque mon agresseur est mort.

Le commandant s'apprêta à parler puis se tut, son regard se portant sur Easton.

Easton haussa les épaules, comme pour dire : « Que puis-je faire ? »

Il étudia les autres militaires qui se tenaient là, tous avaient des regards similaires.

— Il est hors de question de voir le corps, déclara le commandant.

— Dans ce cas, je veux, au moins, parler aux trois gardes

à la place, répliqua Summer.

Elle l'avait dit si doucement qu'il était difficile de croire qu'elle l'avait fait exprès. Mais, au vu de sa mâchoire serrée et volontaire, Easton ne doutait pas qu'elle avait réussi à convaincre le commandant de lui accorder la seule concession qu'elle souhaitait, parce que l'autre était trop exagérée pour qu'il l'autorise.

Le commandant la fixa. Puis il se tourna vers Easton.

Ce dernier sourit.

— Oui, bienvenue dans mon monde, Monsieur.

Le commandant lui fit un demi-roulement d'yeux et annonça, en reportant son regard sur Summer :

— Vous pouvez avoir cinq minutes avec eux. Easton reste auprès de vous.

— En fait, j'aimerais que Devlin soit aussi avec moi, à l'intérieur et que Corey et Ryder restent à proximité, ajouta Summer.

— Vous avez peur de mes soldats ? rétorqua le commandant. Ils montaient la garde autour du prisonnier.

Elle eut un regard fermé.

— Oui, c'est vrai.

Et elle laissa tomber.

Elle fit demi-tour et prit vers la droite. Instinctivement, Easton lui tapa sur l'épaule, lui indiquant d'aller à gauche. Elle lui adressa un sourire étincelant, salua d'un signe de tête les militaires et tourna les talons, s'éloignant dans l'autre direction.

Corey s'avança pour marcher à ses côtés.

Easton se tourna vers le commandant et lui dit :

— Merci, Monsieur.

— Surveillez-la. Elle est dangereuse.

Mais, d'après le ton de son commandant, Easton comprit qu'il ne pensait pas que Summer était dangereuse pour sa vie, mais qu'elle était dangereuse en tant que femme. Elle était très douée pour obtenir ce qu'elle voulait.

— Je comprends, Monsieur.

— Oh, je ne pense pas que vous compreniez. Pas encore en tout cas. Devlin, surveillez-les tous les deux, ordonna le commandant en riant.

Devlin gloussa, tapa dans le dos d'Easton et lui lança :

— On ferait mieux d'y aller avant que Summer ne commence à interroger les soldats et qu'on n'ait même pas la chance d'entendre leurs réponses.

— Merde.

Ils coururent tous les deux, rattrapant Summer, Corey et Ryder alors qu'ils atteignaient les gardes. Devlin leur expliqua rapidement pourquoi ils étaient ici.

Les deux gardes en service la considérèrent, surpris.

— Je suis désolé que vous ayez été attaquée, dit le premier soldat, qui se présenta comme étant Paul.

— Merci, Paul. Combien de temps avez-vous veillé sur lui ? demanda Summer.

Paul se concentra.

— Quelques heures, pas plus.

Il consulta sa montre.

— Depuis qu'il vous a attaquée, ça fait quoi ? Cinq heures ?

— Et pendant tout le temps qu'il a passé avec vous, l'avez-vous jamais laissé seul ? A-t-il eu l'occasion d'être laissé sans surveillance ? reformula-t-elle rapidement.

Paul nia.

— Non, bien sûr que non.

Summer lui sourit.

— Merci d'avoir fait en sorte qu'il ne puisse pas s'en

prendre à moi.

Le militaire sembla se détendre.

— Pas de problème.

— Pourriez-vous me montrer l'endroit où il était gardé ? questionna Summer.

Surpris, Paul était prêt à ouvrir la tente.

— Bien sûr. Il est resté ici.

Summer entra et vit un simple baraquement.

— Il n'était donc pas dans une prison ou quoi que ce soit d'autre ?

— Non, il était juste confiné dans ces quartiers.

Elle acquiesça.

— Il est mort ici ?

— Oui, c'est ici que nous l'avons trouvé, confirma Paul.

Elle se tourna vers lui.

— Combien de temps est-il resté seul ?

— Il n'était pas seul. Nous étions là tout le temps.

Easton se mêla à la conversation.

— Vous avez dit que c'est ici que vous l'avez trouvé. Ce qui veut dire que vous n'étiez pas là au moment où il a tenté de se suicider.

Paul se tourna vers son binôme, comme s'il cherchait de l'aide.

— Parfois, nous sortions pour prendre l'air, admit-il à voix basse. Nous n'avions pas le droit de parler devant le prisonnier.

Summer hocha la tête comme pour dire qu'elle comprenait.

— A-t-il eu des visiteurs ?

Paul fit signe que non, mais sa volonté de coopérer s'estompait.

— Non, il n'y a eu que nous deux, tout le temps.

Summer reporta son regard sur le second homme. Il était plus petit, râblé, avec un teint basané. Easton n'aimait pas son regard. De toute évidence, Summer non plus.

Elle lui fit un signe de tête.

— Avez-vous été seul avec mon agresseur ?

— Aucun de nous n'a jamais été seul avec lui.

Il s'exprimait de manière assez fluide, mais il y avait un ton étrange. Easton se méfiait. Il savait que Summer dirait que c'était lui le coupable. Il devait avoir plus qu'un simple soupçon.

— L'un d'entre vous a-t-il fouillé les poches du soldat décédé ? demanda Summer.

Paul haussa les sourcils et répondit :

— Non, bien sûr que non. Ce serait contraire à l'éthique.

Son compagnon resta silencieux. Easton avait observé son visage et avait vu le regard qui s'y était glissé suite à la question de Summer. Il n'aurait pas pensé à poser ces questions. Il était intéressant d'observer leurs réponses. Easton se rendit compte à quel point Summer avait raison. Si elle avait eu un appareil photo pour capturer ces images, il aurait été si facile plus tard de déterminer le type de réaction qu'ils avaient eu. Pour l'instant, il se fiait à son instinct. Il savait que les deux gardes mentaient.

Il était également fascinant d'étudier la technique de Summer. Une technique naturelle. Il avait suivi des semaines, voire des mois, d'entraînement intensif aux interrogatoires. Il n'avait, pourtant, pas les mêmes capacités de ruse simpliste qu'elle.

— Dites-moi ce que vous avez fait quand vous l'avez trouvé, demanda Summer à Paul.

Paul haussa les épaules.

— J'ai couru vers lui et j'ai essayé de l'aider. J'ai pensé qu'il s'étouffait, alors j'ai fait les premiers soins recommandés pour une victime d'étouffement. Puis j'ai réalisé, en vérifiant sa bouche, qu'on lui avait enfoncé du papier dans la gorge. J'ai essayé de le dégager, mais c'était beaucoup trop profond. Je n'ai pas pu l'attraper.

— Oh, mon Dieu. Ça a dû être terrible. Il est mort juste devant vous, commenta Summer.

Paul acquiesça, une ombre traversant son regard pendant un bref instant. Le deuxième homme resta silencieux.

— Quel est votre nom ? demanda Summer.

Son regard se rétrécit, mais il répondit sans hésiter.

— Nick.

Puis comme s'il avait dit tout ce qu'il avait à dire, il changea de position pour croiser les bras sur sa poitrine afin d'appuyer son image de dur à cuire.

Elle lui sourit.

— Qu'avez-vous fait pour aider ?

Nick leva les yeux vers elle.

— J'ai essayé d'aider Paul.

Elle acquiesça mais ne dit rien.

— Vous connaissiez bien Harry Lemans ?

Tous deux secouèrent la tête. Nick précisa :

— Non. Nous ne le connaissions pas du tout.

Paul la regarda, ainsi que les quatre hommes qui l'accompagnaient et demanda :

— Est-ce qu'on nous soupçonne ?

Devlin répondit :

— Y a-t-il une raison de vous soupçonner ?

Il se recula légèrement.

— Vous devez appeler mon commandant.

— Qui est votre commandant ? l'interrogea Summer.

Il nomma une personne qu'Easton ne connaissait pas. Il mémorisa son nom pour plus tard. Paul appartenait à l'armée américaine ; Nick, avec son attitude, était canadien. C'était logique, puisque le prisonnier était lui aussi américain.

Summer se tourna vers Paul.

— Quand vous avez fouillé ses poches, vous n'avez pas vu mon collier, n'est-ce pas ?

Easton ne parvint pas à cacher sa surprise. Quel collier ?

Paul ne réussit pas non plus à dissimuler la sienne. Il commença à dire qu'il n'avait pas fouillé les poches quand Summer le devança et expliqua :

— Je l'ai perdu quand il m'a attaquée. J'étais presque sûre qu'il me l'avait arraché, peut-être accidentellement, concéda-t-elle, je voulais juste voir si je pouvais le récupérer.

Paul devint plus nerveux et perdit patience.

— J'ai dit que je n'avais pas fouillé ses poches.

Elle se retourna vers Nick.

— Et vous ? Vous avez vu mon collier ?

Il secoua la tête.

— Non, je ne l'ai jamais vu avec. Je n'ai jamais vu le contenu de ses poches non plus. Vérifiez peut-être auprès du commandant.

— Je vais le faire, merci.

Elle se tourna vers Easton et Devlin et annonça :

— Nous pouvons partir maintenant.

Easton la dévisagea avec surprise.

— Si tu es prête ? Je sais que tu voulais vraiment voir son corps.

— Je ne voulais pas voir son corps, avoua-t-elle doucement. Tout ce que je voulais savoir, c'est si mon collier était dans sa poche.

— Je suis sûr que quelqu'un l'a déjà fouillé, assura Devlin.

Elle sourit.

— J'aimerais aussi que Paul m'explique comment mes perles se sont coincées dans les plis de ses jambières.

Tous les regards se tournèrent vers Paul. Effectivement, deux petites perles se trouvaient dans les plis de ses jambières, glissées dans ses bottes.

— Mon collier était constitué de perles, précisa-t-elle. Je sais déjà que vous êtes un menteur. La vraie question est de savoir pourquoi vous avez tué mon agresseur. Ce n'est pas que je sois fâchée qu'il soit mort, comprenez bien. Mais je suis contrariée parce que nous n'avons obtenu aucune réponse de sa part.

Easton fixa Paul et lut la culpabilité sur son visage. Qu'est-ce que c'était que ce bordel ?

— Ce n'était pas moi, protesta Paul.

Puis il se pinça les lèvres pour empêcher les mots de sortir.

— Si ce n'est pas vous, alors quelqu'un d'autre est impliqué…, releva Easton en rétrécissant son regard. Lequel d'entre vous était le grand instigateur ? Lequel d'entre vous, bande de cons, a énervé un serpent ?

Paul resta silencieux, mais Easton nota le tremblement presque imperceptible de sa tête avant qu'il ne puisse l'arrêter.

— Pas vous ? Alors il faut trouver le dernier trou du cul et vite.

CHAPITRE 13

MAINTENANT QU'IL ÉTAIT temps de partir, Summer n'avait plus envie de s'en aller.

Après qu'elle a signalé la présence de ses perles, coincées dans les plis du pantalon de Paul, la scène avait tourné au chaos. Ryder avait attrapé Paul. Le commandant avait été appelé. Nick avait été appréhendé en même temps. À présent, ils recherchaient le dernier homme impliqué, s'il y en avait encore un. Le souci de Summer résidait dans le fait qu'après tout cela, alors qu'elle était enfin sur le point d'obtenir des réponses, elle avait été emmenée dans une jeep.

Assise sur le siège passager, elle détestait les souvenirs, lui revenant en mémoire, de la dernière fois qu'elle s'était trouvée dans cette situation. Un soldat avait été grièvement blessé en la conduisant. Depuis, deux militaires avaient été arrêtés. Ils devaient être interrogés. Cela ne signifiait absolument pas qu'ils étaient les tireurs d'élite responsables de l'attaque précédente.

D'ici quelques minutes, Summer allait être conduite à l'aéroport, pour prendre son avion. Elle détestait dire au revoir. Elle voulait rester, aller jusqu'au bout. Easton se tenait à ses côtés.

— Je ne veux pas partir maintenant, dit-elle d'un ton mutin. Et pourtant, c'est ce que je souhaite.

— Comment l'as-tu su ? Comment as-tu pensé à chercher tes perles dans leurs vêtements ?

— Parce que des perles se trouvaient sur le sol de la tente où mon agresseur s'était tenu, où il avait été gardé. Ce qui signifiait forcément qu'il détenait mon collier.

— Mais, les perles se sont peut-être retrouvées accidentellement dans ses vêtements.

Summer le considéra.

— Accidentellement ? Quand ? Quand il mangeait ? Quand il dormait ? Quand il s'entraînait ? Ou quand il a voulu vider, à la hâte, la poche de Harry Lemans et que mes perles se sont répandues partout ?

Elle se cala dans son siège.

— Il s'agissait simplement de trouver les mots justes pour qu'il se vende.

Easton acquiesça.

— Tu es très douée pour ça.

Summer s'enfonça, un peu plus, dans son siège.

— D'accord, je ne suis peut-être pas toujours gentil. Mais j'essaie d'être sincère.

Elle ferma les yeux et soupira.

— Je veux toujours partir le plus tôt possible. Mais, j'ai besoin de réponses à tant de questions.

— Tu en auras autant que nous pourrons en avoir, lui assura Easton. Ce n'est pas parce que tu pars que nous t'excluons de la boucle.

Elle lui jeta un regard, puis se retourna et referma les yeux.

— Bien sûr que si. Ce sera géré en interne. C'est tout.

— Je te contacterai.

Summer fit face à Easton.

— Promis ?

Son insondable regard contenait une chaleur qui fit

battre son cœur.

— Promis.

— Ce ne sont que des paroles, grinça Summer.

— Hé, je tiens toujours mes promesses.

— J'espère bien. Tu pourras passer quelques jours avec moi quand tu reviendras en ville.

Easton se tut.

— Tu fais ça souvent.

— Je fais quoi ?

— Tu te tais quand tu ne sais pas quoi dire.

— Eh bien, je n'ai pas été invité par une femme très souvent dans ma vie, reconnut-il.

— Mais comment pourrions-nous poursuivre une relation si nous ne nous voyons pas ? Alors, quand tu auras quelques jours de congé, tu pourras venir me voir et passer du temps avec moi, dit-elle dans un sourire.

Il la contempla.

— Peut-être que c'est toi qui devrais venir passer du temps avec moi.

— D'accord.

— Tu l'as fait exprès ? lui lança-t-il dans un regard noir.

Summer haussa les épaules.

— Parfois, je dois faire un peu plus d'efforts que je ne le ferais normalement pour obtenir ce que je veux.

Elle lui sourit.

— C'est ce que je suis. Je vais chercher ce que je veux.

Easton la dévisagea.

Le sourire de Summer s'élargit.

— Oui, je te veux.

Son visage s'empourpra.

Summer le regarda avec fascination. Sa main plongea dans sa poche pour en sortir un petit appareil photo. Avant qu'il n'ait eu le temps d'argumenter, elle prit plusieurs photos. Easton lui saisit la main, mais Summer lui arracha l'appareil, si bien qu'il ne tint plus que sa main dans la sienne.

— Parfait.

Elle prit une photo de leurs mains.

— Je te promets que je ne vendrai pas ces images et que je ne les utiliserai pas. C'est pour ma collection personnelle.

— Une photo de mes mains ?

— Je t'enverrai celle-ci si elle est réussie. Tu verras ce que je veux dire, lui assura-t-elle, heureuse.

Easton était perplexe.

— Tu es un sacré phénomène.

— Oui, en effet.

Lorsqu'Easton lui lâcha la main, Summer tourna l'appareil vers elle pour regarder les photos qu'elle venait de prendre. L'une d'entre elles, avec son visage, était convenable, pas parfaite, mais c'était bien. Elle se débarrassa de l'autre. Puis elle étudia celle où il lui tenait la main. Elle la fixa un long moment, puis sourit.

Elle lui chuchota :

— Quand tu regardes ça, qu'est-ce que tu vois ?

Easton, dubitatif, prit l'appareil photo et se concentra.

— Je vois ma main qui tient la tienne, répondit-il d'un ton vif. Rien de spécial.

Il s'apprêta à l'effacer, mais Summer lui arracha l'appareil des mains.

— Non ! Tu ne peux pas faire ça. Cette photo est spéciale.

Il la considéra, surpris.

— Ce n'est rien qu'une photo.

— Non. C'est bien plus que ça. C'est parfait.

Summer était si heureuse de ce cliché qu'elle le fixa, y voyant la même force et la même attention que le premier jour.

C'est à ce moment-là que son chauffeur arriva. Elle se rendit compte qu'il s'agissait de Devlin.

— Oh, non. Tu ne peux pas conduire, s'exclama-t-elle.

Interloqué, Devlin se tourna vers elle.

— Pourquoi ça ?

— Et si tu te faisais tirer dessus ?

Devlin sourit.

— Tu préfères que ce soit Easton qui conduise ?

Elle fronça les sourcils.

— Ce n'est pas juste.

Il sourit.

— Bien sûr que si. Nous serons tous les quatre. Alors, qui veut risquer sa vie ?

— Easton, tu conduis, déclara-t-il en sortant.

Avant qu'Easton n'ait le temps de s'installer au volant, Summer se précipita sur le siège du conducteur, s'assit et mit le moteur en marche.

— Voilà. Maintenant, si quelqu'un tire sur le conducteur, c'est moi qui serai touchée.

Les SEAL la dévisagèrent, se tournèrent les uns vers les autres et Easton fronça les sourcils.

— C'est moi qui conduis.

Summer refusa.

— Impossible. Tu pourrais être blessé.

Easton serra ses poings et les posa sur ses hanches.

— Et si, cette fois-ci, ils tirent sur le passager au lieu du conducteur ?

Summer se leva d'un bond pour se tenir debout sur la marche avant de la jeep et le dévisagea.

— Alors tu pourrais te faire tirer dessus.

— Exactement.

Elle réfléchit rapidement et se rassit sur le siège.

— Je m'en prendrai qu'à moi-même.

Elle appuya alors sur l'accélérateur, s'éloignant, sur les chapeaux de roues, aussi vite que possible des militaires.

Elle sortit directement du camp, se remémorant le chemin emprunté la dernière fois. Elle voyait les soldats lui hurler dessus, par le pare-brise arrière. Mais Summer était trop occupée à rire d'elle-même. Il était hors de question qu'elle laisse quelqu'un d'autre se faire blesser. Dès qu'elle fut sur la route principale en direction de la piste d'atterrissage, elle vérifia qu'il n'y avait pas de musique dans la jeep, mais, bien sûr, il n'y en avait pas.

La route n'était pas longue. Summer s'installa confortablement, appréciant l'air frais et le soleil. L'après-midi était avancé et le soleil se couchait. Il y avait quelque chose de magique là-dedans.

Il y avait aussi quelque chose de très libérateur dans le fait d'avoir laissé les quatre hommes sur place. Ils n'apprécieraient probablement pas, mais elle trouvait ça sacrément drôle. Elle le paierait en temps voulu, elle le savait. Il était impossible qu'Easton ne se venge pas. Mais, elle ne pouvait vraiment pas supporter ne serait-ce que l'idée qu'ils soient blessés.

Les routes sèches soulevaient un nuage de poussière derrière elle. Pas de quoi s'inquiéter cependant, au moins cela empêcherait quiconque de la suivre de trop près. Elle fixa les arbres, observant l'orée du bois qui se rapprochait. C'est tout près d'ici qu'on lui avait tirée dessus la dernière fois.

Elle ne nota rien de suspect, mais inconsciemment, elle appuya sur l'accélérateur et roula plus vite. Elle se concentra sur la route devant elle, jeta un dernier coup d'œil aux arbres et aperçut quelque chose de brillant.

Entendant quelque chose heurter le véhicule, elle se baissa instinctivement. Summer dépassait à peine du volant. Elle pouvait voir à travers le pare-brise, juste au-dessus du capot de la jeep. Elle accéléra encore, roulant aussi vite que possible. Elle n'avait aucune idée de la distance à parcourir. Elle n'arriverait jamais assez vite.

Aucun autre coup de feu n'ayant été tiré, elle pensa que le tireur avait raté son coup. Elle crut entendre quelque chose d'autre en arrière-plan, comme les pétarades d'un véhicule, mais ce n'était pas le sien. Cette pensée lui glaça les veines. Elle réalisa que le tireur était probablement en train de la poursuivre. Elle ne pouvait pas accélérer plus. Le moteur tournait à plein régime.

La piste d'atterrissage apparut devant elle. Elle freina dans un nuage de poussière, dépassa les quelques militaires qui attendaient l'avion et essaya de se faufiler, discrètement, à l'intérieur de l'appareil. Elle tremblait tellement. L'un des soldats, présent dans l'habitacle, l'arrêta. En claquant des dents, elle articula :

— Sniper.

Les militaires sortirent leurs armes et la poussèrent à l'intérieur.

— Faites attention, leur cria-t-elle en regardant par le coin. Il a tiré sur mon chauffeur la dernière fois.

Ils acquiescèrent.

— Une idée de l'endroit ?

— Cinq minutes plus bas sur la route. Celle où on m'a tirée dessus la première fois.

Summer avait du mal à garder l'esprit clair. Elle s'enfonça dans l'avion, remarquant à peine les sièges.

Elle pivota. Elle se heurta à une poitrine dure. Elle fut saisie et soulevée.

Instinctivement, elle ouvrit la bouche pour crier.

Elle ne trouva qu'une bouche chaude, passionnée qui scella son cri à l'intérieur. Easton. D'une manière ou d'une autre, il était arrivé là. Elle ne voulait pas se battre contre le destin. Elle l'entoura de ses bras et lui rendit son baiser.

Lorsqu'il se recula enfin, elle gémit et tenta de se souvenir…

— Un autre sniper. Un autre sniper m'a tirée dessus, bredouilla-t-elle.

— Nous avons entendu. Es-tu blessée ?

— Non. Il a touché la jeep.

Elle se tourna vers Devlin.

— Est-ce qu'ils vont m'en vouloir pour la jeep ?

Devlin n'esquissa pas un sourire.

— Non, ils ne seront pas contrariés par une balle dans la jeep.

Puis il lui adressa un léger sourire.

— Ils y sont pratiquement habitués.

Elle se retourna vers Easton, les mains posées sur le côté de son visage et secoua la tête.

— Je croyais que tu t'occupais de moi.

Il la dévisagea.

— Je l'aurais fait si tu n'étais pas partie en courant pour me protéger.

Elle lui adressa un sourire suffisant.

— Mais ça a marché. Tu te rends compte que si tu avais conduit, tu aurais été visé, s'exclama-t-elle. C'est absolument horrible.

Elle enroula à nouveau ses bras autour de son cou et le serra contre elle.

EASTON SERRA SUMMER contre lui.

— Je pourrais te gifler pour t'être enfuie comme ça, murmura-t-il contre ses cheveux.

Pour toute réponse Summer resserra ses bras autour de son cou. Il jeta un regard à Devlin qui s'était retiré pour parler à un soldat, près de l'avion.

— Dieu merci, tu es sain et sauf, chuchota-t-elle.

Easton secoua la tête.

— Tu mets les choses à l'envers. Dieu merci, tu es saine et sauve.

Il devait admettre que Summer avait peut-être raison. S'il avait conduit, il aurait été fort possible qu'il ait été blessé. Il la prit dans ses bras, se retourna et s'assit sur un siège, posant Summer sur ses genoux. Il l'étreignit. Il tremblait intérieurement et elle tremblait de tous ses membres. Il lui susurra :

— C'est bon. Tu es en sécurité maintenant.

Summer secoua la tête, le visage enfoui dans son cou. Il sourit et la blottit, encore, contre lui.

Au bout de quelques minutes, Devlin s'assit à côté de lui.

— Summer, peux-tu nous raconter ce qui s'est passé ?

Elle releva la tête, se pencha vers lui et lui donna un coup de poing sur le torse.

— Je t'ai simplement sauvé la vie. Voilà ce qui s'est passé.

Devlin lui lança un regard étonné.

— Pardon ?

— Si tu avais conduit, tu serais peut-être mort à l'heure qu'il est. Comme c'est moi qui conduisais et que je suis beaucoup plus petite que toi, je t'ai sauvé la vie, affirma Summer, avec un signe de tête.

Elle se tourna vers Easton et lui tapota la poitrine.

— La tienne aussi.

Les deux hommes se regardèrent, puis la dévisagèrent. Easton relativisa :

— On nous aurait peut-être tirés dessus, mais cela ne garantit pas que nous aurions été blessés.

— Je suppose que tu es tellement doué que tu peux aussi esquiver une balle, n'est-ce pas ?

Elle roula des yeux et se blottit contre lui.

— Laisse tomber, Easton. Tu m'en dois une.

Il gloussa.

— D'accord, très bien. Je t'en dois une. C'est peut-être la réponse la plus simple.

Elle renifla.

— On ne peut pas céder ses victoires comme ça. Il faut se battre pour obtenir ce que l'on veut.

Elle se cala plus profondément.

— Et pour l'instant, je n'ai pas envie de bouger. Je suis si fatiguée.

Easton fixa Devlin.

Devlin lui dit :

— Je parie que tu ne sais même pas ce qui t'arrive.

— Non, je ne le sais pas, murmura Summer, répondant par erreur à la phrase adressée à Easton.

Easton jeta un coup d'œil vers elle. En quelques secondes, la respiration de la jeune femme s'était apaisée, passant d'un rythme soutenu à un tempo lent. Elle était épuisée et venait de s'endormir, comme un enfant de deux ans.

— Je n'ai jamais rien vu de tel.

Easton s'attendait à ce que Summer réponde, mais elle était partie au pays des rêves.

— Ce n'est peut-être pas une mauvaise chose. Tout ce que tu as connu n'était pas fait pour toi. Peut-être que ça, ça l'est.

— C'est le chaos, protesta Easton. J'aime la paix, le calme et la sérénité.

— C'est l'excitation et la passion, corrigea Devlin. C'est la vie. Ce paquet cadeau est accompagné de tant d'exubérance. Même la façon dont Summer parle te fait trébucher. Elle te fait t'arrêter et réfléchir. Sa vision de la vie est complètement différente de la tienne.

— Tu veux dire complètement à l'envers, corrigea Easton.

Mais il souriait. Easton était profondément heureux à cause de tout ce que Devlin venait de dire. Cette étincelle, cette passion en elle était quelque chose qui l'intriguait vraiment. La plupart des gens étaient polis, calmes ; ils riaient aux blagues mais sans exubérance, sans excès, à l'inverse de ce que Summer faisait. Il ne savait pas si elle serait comme ça toute sa vie. Elle semblait si vraie, si entière. Easton ne pensait pas que cela pourrait s'estomper.

Il menait une vie tranquille. Les gars lui en avaient parlé. Ils lui avaient conseillé de sortir, de se trouver une petite amie, de vivre un peu. Mais Easton n'était pas sûr que ce soit une bonne chose.

— Quand tu la trouves, tu la trouves vraiment, commenta Devlin en souriant.

— Je n'ai rien trouvé du tout. Elle s'est, tout bonnement, évanouie devant moi.

Il se souvint alors de leur première rencontre, au cours de laquelle, son appareil photo l'avait frappé au visage.

— C'est un vrai mélange, dit Devlin. Une femme fascinante.

— Elle l'est. Je ne sais pas trop ce qui m'attend. Je ne sais pas trop ce que j'ai là, sur les genoux…

Devlin regarda Summer, lovée contre son ami, juste à côté de lui et observa :

— Ce que tu as là, c'est une sacrée charge de travail. Un paquet cadeau très spécial.

À côté d'eux, Corey s'approcha et annonça :

— Tu ferais bien de prendre soin d'elle.

— Carrément ! Et si tu ne la gardes pas, pense à nous, s'esclaffa Ryder.

— Ne dis pas ce genre de choses en ma présence, prévint Easton.

Corey jeta un coup d'œil à Devlin, qui riait à gorge déployée.

— Je serais heureux de la garder, si tu ne la veux pas, affirma Corey, sérieusement.

Easton avait l'intention de leur dire que ça ne lui posait aucun problème, qu'ils pouvaient l'avoir, que ça lui convenait parfaitement. Mais, les mots qui sortirent de sa bouche le prirent de vitesse :

— Jamais de la vie. Hors de question.

Il ne réalisa pas vraiment ce qu'il avait dit, jusqu'à ce que l'avion, tout entier, éclata de rire.

CHAPITRE 14

SUMMER AVAIT À peine fermé l'œil. Elle s'était assoupie pendant quoi ? À peine cinq, voire dix minutes. D'habitude, elle préférait se nicher dans son lit, bras et jambes en éventail, mais en ce moment, l'inconfort était son quotidien. Elle tenta de s'étirer pour récupérer un peu de place, mais elle fit une rencontre inattendue.

Des bras se refermèrent autour d'elle, la maintenant comme dans un étau. Elle se trouvait désormais blottie dans les bras de quelqu'un, incapable de bouger. Alors, elle ouvrit les yeux, se redressa brusquement, son menton heurtant celui d'Easton. Les souvenirs la submergèrent alors qu'elle observait l'intérieur de l'avion.

Effrayée, elle chercha à s'échapper, mais Easton la retint fermement.

— Tout va bien. Calme-toi, murmura-t-il.

Tremblante, elle tourna son regard vers lui.

— L'avez-vous attrapé ? Le tireur, l'avez-vous eu ? questionna-t-elle.

— Je n'ai pas de nouvelles. Mais tu es ici dans l'avion, en sécurité.

— Tu ne l'es pas, dit-elle en tentant de se libérer. Si le tireur en a après moi, il te trouvera aussi. Nous devons partir maintenant.

Ses bras se resserrèrent autour d'elle, la maintenant

contre lui.

— Bien, grogna-t-il. Il devra affronter un homme pour une fois. Je ne me laisse pas faire facilement.

Summer le fixa, tentant d'assimiler cette nouvelle réalité qui l'entourait. Easton la fit bouger doucement.

— Tu n'es plus seule. Et s'il essaie de te nuire à nouveau, il rencontrera une résistance imprévue.

Elle l'examina, semblant décider de lui faire confiance. Elle se détendit enfin, se laissant aller contre lui, soulagée.

— Mais, je ne veux vraiment pas que tu sois blessé.

— Je resterai à l'abri. De nombreux militaires sont à la recherche du tireur, en ce moment même.

— C'est bien. Je veux juste rentrer chez moi maintenant.

— À l'heure où tu arriveras, il sera déjà tard.

— Peu importe, affirma-t-elle. Je veux en finir.

Easton opina et se réinstalla.

— Attache ta ceinture, nous décollons bientôt.

Summer sauta de ses genoux avec impatience, prit place à côté de lui, boucla sa ceinture et se détendit, fermant les yeux à nouveau.

— Je n'avais pas conscience que j'étais si fatiguée.

— C'est le choc. Beaucoup de gens réagissent ainsi.

— Si tu le dis, murmura-t-elle en bâillant.

Puis elle se couvrit rapidement la bouche de sa main.

— Désolée.

— Je n'ai jamais compris pourquoi les gens s'excusent pour un bâillement, dit-il.

— Je suppose que c'est pour montrer qu'ils sont désolés que tout le monde puisse voir l'intérieur de leur bouche.

Il haussa les épaules.

— Pourquoi ? On ne peut pas éviter de bâiller.

Elle bâilla de nouveau et rit.

— Non, je suppose que non.

Un étrange sifflement retentit. Easton bondit de son siège, se précipita vers la fenêtre et scruta l'extérieur. Il frappa contre la paroi latérale, puis alla vérifier ce qu'il pouvait voir d'un autre hublot, près de la porte.

Summer se rendit compte que le danger n'était pas encore écarté. Détachant sa ceinture de sécurité, elle se tint prête à chercher un abri, mais, encore une fois, les options étaient limitées.

Elle se glissa derrière Easton, pensant que c'était l'endroit le plus sûr pour elle. Il se tourna vers elle, lui lançant un regard sérieux, puis désigna un siège plus éloigné. Elle refusa en silence.

Un autre sifflement, différent, vint de l'extérieur. L'inquiétude se dissipa légèrement.

Devlin monta les marches, le visage crispé.

— On a repéré le tireur de l'autre côté de la forêt. Des équipes de recherche sont déjà sur place. Le pilote se prépare à nous faire décoller.

— Parfait, répondit Easton. Ramenons Summer chez elle. Il y a assez de monde ici pour traquer ce salaud.

Summer s'immobilisa.

— Comment ça : nous faire décoller ?

Easton lui fit face, mais resta muet.

Elle secoua la tête avec détermination.

— Hors de question que tu viennes avec moi.

D'un ton plat, sans émotion, il répliqua :

— Tu as dit que tu étais d'accord pour que je te rende visite, pour qu'on passe du temps ensemble. Qu'est-ce qui te tracasse ? Tu as peur ?

Elle mit ses mains sur ses hanches, le considérant intensément.

— Oh non, je n'ai pas peur. Tu ne m'impressionnes pas. Mais là, tu ne viens pas me rendre visite. Tu viens en tant que garde du corps.

— L'important, c'est que je vienne, non ? Quel que soit le rôle que tu décides de m'attribuer pour justifier ma présence, cela n'a rien à voir avec ce que je ressens.

Elle lui lança un regard sévère et se tourna vers Devlin.

— Et toi, tu viens aussi ?

— Je suis toujours heureux de rentrer chez moi, annonça-t-il sincèrement.

— C'est parce que tu vas retrouver ta petite amie.

Un sourire éclaira le visage de Devlin.

— Je suis toujours heureux de rentrer et de retrouver Bristol. Mais, elle est tellement absorbée par son travail qu'elle n'aura peut-être même pas remarqué que j'étais parti.

— Je doute que ce soit le cas, ria Summer.

— En plus, je préfère être chez moi, ajouta Devlin.

Elle lui lança un regard sévère.

— Et les deux autres ? Tu ne peux pas les laisser ici pour qu'ils se mettent dans le pétrin.

C'est alors que Ryder et Corey entrèrent dans l'avion, suivis par deux autres soldats. Les deux derniers entrés se dirigèrent vers le cockpit. Summer observa Ryder et Corey sécuriser les portes.

Easton la reconduisit à son siège, la poussant doucement et bouclant sa ceinture de sécurité.

Elle lui balança :

— Encore une fois, tu t'occupes de moi.

— Encore une fois, tu as besoin de quelqu'un pour veiller sur toi.

— Je ne suis pas une faible femme sans défense.

— Non, mais tu es parfois distraite.

Elle se renfrogna, réfléchissant, et finit par hocher la tête :

— D'accord, peut-être que tu as raison.

Easton s'assit à ses côtés et attacha sa propre ceinture.

— Dans quelques minutes, nous serons dans les airs.

Par le hublot, elle aperçut plusieurs véhicules remplis de militaires qui se positionnaient autour de l'avion. Ils semblaient craindre une nouvelle attaque.

— Ça n'a aucun sens, qu'il continue à me pourchasser. Vous pourriez diffuser toutes les photos que vous avez. Et si nous en informions tout le camp officiellement, peut-être, qu'il arrêterait de s'attaquer à moi, gémit-elle. Votre monde est vraiment rempli de drames.

Les deux hommes échangèrent un regard stupéfait, la considérèrent et Easton dit :

— Notre monde ?! Ta vie est celle qui regorge de drames.

— Ce n'est pas de ma faute. C'est à cause de vous, persista Summer.

La mâchoire d'Easton se décrocha.

— De notre faute ?

Elle lui lança un regard innocent.

— C'est vrai. Ma vie était parfaitement normale avant que tu ne débarques dedans.

— Tu es vraiment spéciale, s'étonna-t-il.

— Non, répliqua-t-elle. Je suis créative.

Il ria.

— C'est vrai.

Riant à son tour, elle lui suggéra :

— Et si tu retournais dormir ? Il doit bien y avoir un bouton off, quelque part, sur ton corps.

— Et toi, pourquoi ne dormirais-tu pas ? Ça te ferait du

bien, grogna Easton.

Malicieuse, elle lui proposa :

— Ou tu pourrais m'embrasser. Pour la quatrième fois. Qui sait, ça pourrait marcher…

N'obtenant pas de réponse, Summer s'adressa aux autres passagers.

— Apparemment, ce n'est pas dans tes plans, hein ?

Tous les regards étaient dirigés sur elle, fascinés par la scène.

Elle haussa les épaules.

— Ok. Tu me rends dingue. C'est tout ce que je peux dire.

Easton lui lança un regard sévère.

— Et si tu restais tranquille ? Tu as déjà causé assez de problèmes.

— Je n'ai causé aucun problème, s'exclama-t-elle, défiant son ton autoritaire.

Il la fusilla du regard. Elle croisa les bras sur sa poitrine, déterminée.

— D'accord, je vais me taire pour le reste du vol.

— Tu ne tiendras pas une minute, se moqua Easton.

— Si, je te promets que je peux. Peut-être pas pour tout le vol, mais au moins pendant une heure.

Easton secoua la tête.

— Je parie que non. Tu vois ? Tu as déjà échoué.

Elle lui lança un regard noir, puis lui tourna le dos, laissant sa tête reposer contre l'appui-tête, fermant les yeux. Summer était déterminée à lui prouver qu'elle pouvait tenir.

— Et c'est valable pour le reste d'entre vous aussi, annonça Easton à ses amis.

— C'est fascinant, étant donné l'image que tu as de la femme parfaite. Summer a certainement encore de très nombreuses facettes, passionnantes, à découvrir, commenta Corey en éclatant de rire.

Easton remarqua que Summer se tendait à ses côtés, mais elle garda le silence, refusant de répliquer. Il ne la laisserait pas gagner, même si elle ne voulait pas parler.

— Oui, c'est vrai, intervint Ryder en gloussant. Et tu aimes ça. Avoue-le.

— Bien sûr que non, protesta Easton.

Sur ce, il toisa ses amis et se conformant inconsciemment à l'atmosphère, croisa les bras, s'adossa à son siège et ferma les yeux. Il ne voulait pas affronter cette situation sous leurs regards curieux.

Quarante minutes plus tard, ils atterrirent à Toronto. Ils découvrirent, alors, que leur plan de vol avait été modifié. Summer avait été placée sur un vol commercial ralliant Seattle à San Diego. Ils devaient procéder étape par étape pour la ramener chez elle. Easton passa son bras autour de Summer et la conduisit à la douane puis jusqu'à la porte d'embarquement adjacente pour prendre leur correspondance.

Pendant tout ce temps, elle ne répondit que sommairement aux questions du douanier, refusant de prononcer un mot de plus.

Lorsqu'ils atteignirent la porte d'embarquement, elle commençait à lui manquer.

— Tu n'es pas obligée de rester silencieuse, tu sais, lui confia Easton.

Pas de réponse.

Il haussa les épaules. Il avait essayé. Ils reçurent leurs cartes d'embarquement. Il la mena à travers le portique, le long du tunnel, jusqu'à l'avion et leurs sièges. Il savait que ses coéquipiers les suivraient et occuperaient différentes places dans l'avion. Il la fit s'asseoir, lui offrant le siège côté fenêtre, rangea leurs sacs dans les compartiments et s'installa à côté d'elle.

Summer boucla sa ceinture, s'adossa, ferma les yeux et ne dit plus un mot.

Easton supplia :

— Vraiment ?

Pas de réponse.

Il ouvrit la bouche et prononça des mots, qui les surprirent tous les deux :

— Je suis désolé.

Il se figea. Il ne se souvenait pas de la dernière fois où il s'était excusé. Cependant, il l'avait vraiment mise en colère, donc il était juste de le faire.

Elle s'inclina pour pouvoir le voir et sourit.

— Je t'ai eu.

Il se retourna pour la regarder, les sourcils froncés.

— Quoi ?

— J'ai dû récupérer les minutes perdues pendant l'interrogatoire à la douane. Mais à part ça, j'ai tenu une heure.

Elle lui montra sa montre.

— Et nous avions parié.

— Nous n'avons rien parié, soupira Easton.

— Non, alors c'est moi qui choisis.

Il la regarda avec surprise, mais finit par rire.

— Tu ne peux pas inventer les règles au fur et à mesure.

— Mais si je ne demande pas, je n'obtiens rien, ria-t-elle.

— Que veux-tu ? demanda-t-il, soupirant de nouveau.

Elle se pencha en avant et murmura doucement :

— Un baiser.

Easton se recula, surpris.

— Tu n'as pas le courage.

Les mots à peine sortis de sa bouche, il l'embrassa. Ce baiser était-il censé être bref et doux ? Devait-il lui donner une leçon ?

Il échoua à répondre. La passion s'empara de lui, remontant jusqu'à ses lèvres alors qu'elle entourait son cou de ses bras, le maintenant tout contre elle.

Les rires qui résonnaient autour d'eux la firent se détacher la première. Elle se blottit contre sa poitrine, cachant son visage.

— Ne regarde pas maintenant, dit-elle. Mais les gens se moquent de nous.

— Ne regarde pas maintenant, murmura-t-il. Mais ils se moquent de nous depuis que nous nous sommes rencontrés.

Summer rit.

— Ce n'est pas ma faute. Tu es tellement mignon.

Il soupira et passa un bras autour de son épaule, l'enlaçant.

— Qu'est-ce que je vais faire de toi ?

Summer s'apprêtait à lui répondre quelque chose de taquin, lorsqu'Easton posa un doigt sur ses lèvres, comme s'il lisait dans ses pensées.

— Pas en public, ma chérie.

À l'adjectif affectueux, son cœur se gonfla de bonheur. Elle se lova davantage contre lui.

— Les sièges d'avion ne sont pas les plus confortables pour deux, n'est-ce pas ?

— Surtout pas les vols commerciaux.

— Oh, eh bien, commenta-t-elle en se réinstallant dans son propre siège. Nous ne sommes plus très loin de chez moi.

Que devait-il penser de ce commentaire ? Il savait ce qu'il désirait en penser. Il souhaitait qu'elle revienne dans ses bras. Il la voulait dans ses bras maintenant. Il n'arrivait pas à croire qu'il l'avait embrassée comme ça en public. Il savait que les autres s'en donnaient à cœur joie. Ils étaient probablement en train d'envoyer des messages au reste de l'unité. Il n'y avait plus rien à faire pour lui. Il avait rencontré un petit lutin qui avait rebondi dans son cœur et qui le faisait se sentir chez lui. Il ne comprenait pas. Si c'était l'idée que le destin se faisait d'une évidence, elle ne pouvait pas être plus à l'opposé de ce dont il pensait avoir besoin. Il ne saisissait pas en quoi c'était une bonne chose. Il était presque sûr d'avoir dépassé le stade où il pouvait comprendre.

Easton avait toujours été très réservé. Il n'avait jamais poussé une relation plus loin que la décence ne le permettait. Plusieurs avaient pris fin à cause de ça. Il avait aimé profondément une fois. Après cette perte, il lui avait fallu beaucoup de temps pour réouvrir son cœur. Summer ne semblait pas avoir de problème à ouvrir une fenêtre et à sauter à l'intérieur. C'était sa propre réaction qu'il ne comprenait pas. Normalement, il était le genre de personne qui ne se laissait pas faire. Mais avec Summer, on aurait dit qu'il ne contrôlait rien. Il n'avait aucune envie de changer les choses. Comme s'il était déjà sous son charme.

Comment était-ce possible ? Que pouvait-il y faire ?

Était-il déjà trop tard pour réagir ?

CHAPITRE 15

L ORSQUE SUMMER DÉVERROUILLA sa porte d'entrée et entra, elle était, tout à la fois, tellement fatiguée et tellement heureuse d'être chez elle. Elle déposa tous ses sacs, enleva ses chaussures, jeta son manteau par-dessus, entra dans son salon et s'effondra sur son canapé. Easton, Corey, Devlin et Ryder se tenaient dans le petit espace, elle annonça :

— Ce n'est pas grand-chose, mais c'est chez moi.

Immédiatement, un énorme chat siamois se dandina vers elle.

— Bonjour, ma belle, roucoula Summer, attrapant la chatte visiblement enceinte et la serrant contre elle.

— Mon appartement n'est pas beaucoup plus grand, dit Easton. Mais… il n'y a pas d'animaux.

— Un jour, j'espère avoir une grande maison, la remplir d'enfants et passer mes journées à photographier chaque moment, chaque humeur. En attendant, j'ai des chats, ria-t-elle.

— Tu connais quelqu'un ayant beaucoup d'argent et qui financerait tout ça ?

Easton se pencha pour caresser le dos d'un petit chat roux.

— C'est Tammy que tu caresses.

Summer posa Tammy sur le canapé et ajouta :

— Peut-être que je réussirai un jour. J'ai le droit de rêver, non ?

Il s'appuya contre le mur du salon et acquiesça :

— Tu as le droit de rêver. D'ailleurs, à ce propos, tu vas te coucher ?

Puis il questionna ses coéquipiers :

— Qui dort sur le canapé ?

Summer les observa.

— Je n'ai qu'une chambre. Vous pouvez dormir par terre.

Devlin refusa, un chat noir, calé dans ses bras, appréciait visiblement les caresses sous le menton.

Summer sourit. C'étaient tous des hommes bien.

— Nous déposons Easton ici avec toi. Nous retournons à la base.

Midnight était maintenant allongée dans les bras de Ryder. Summer s'approcha de Devlin, l'entoura de ses bras et le serra contre elle. Il lui rendit son étreinte. Elle s'approcha de Ryder, puis de Corey, répétant les mêmes gestes. En reculant de quelques pas, elle leur dit :

— Merci beaucoup de vous être occupés d'Easton et moi.

— Ils se sont occupés de toi. Ils ne s'occupaient pas de moi, précisa Easton dans un soupir.

Elle lui adressa un sourire radieux.

— Mais si tu as des problèmes, ils t'aideront, n'est-ce pas ?

— Oui, bien sûr.

Il allait rétorquer, puis se ravisa. Il secoua la tête et mar-monna :

— Merde.

— Amusez-vous bien, lança Corey avec un sourire écla-tant, se dirigeant vers la porte.

Easton leur jeta un regard noir.

Elle lui tapota le bras et leur assura :

— Il ira beaucoup mieux demain matin. Il est grincheux quand il est fatigué.

Ils éclatèrent de rire.

— Tu le connais déjà très bien, parce qu'il est vraiment grincheux quand il est fatigué, approuva Devlin.

— Ou peut-être que j'ai juste faim, grommela Easton, exaspéré. Aucun d'entre nous n'a pu manger beaucoup aujourd'hui, tu te souviens ?

Summer le regarda.

— J'ai été absente pendant des jours. Je n'ai rien à manger chez moi. Ma voisine s'occupe de mes chats en mon absence. Je lui ferai savoir que je suis de retour, demain matin.

Il hocha la tête, résigné.

— Pizza ?

— Pepperoni avec anchois, s'écria-t-elle en se dirigeant vers sa chambre.

Elle voulait prendre une douche et tout de suite.

— Bon sang, non.

Elle se retourna et le tança :

— Tu ne peux pas savoir si tu aimes, ou non, tant que tu n'as pas essayé.

Devlin, Corey et Ryder, près de la porte, observaient le nouveau couple.

— J'aime la pizza nature.

— Tu aimes ta vie ordinaire. Tu aimes tes femmes nature. Tu aimes ta pizza nature. Eh bien, devine quoi ? Je ne mange pas ma pizza nature et je suis sur le point de rendre ta vie tout sauf nature.

Dans un fou rire à peine contrôlé, Devlin lança :

— Nous nous verrons demain matin.

Et il referma la porte sur eux.

Easton la fustigea du regard.

— Tu es toujours aussi exubérante ?

Elle le considéra, surprise.

— Est-ce que je suis exubérante ?

Il haussa les épaules et avoua, mal à l'aise :

— D'habitude, je ne montre pas ce que je ressens.

— Ce sont tes amis. Ils savent déjà ce que tu ressens.

Elle se dirigea vers un tiroir de la cuisine, sortit un menu avec le numéro d'une pizzeria, située au coin de la rue et lui dit :

— Ils ont des pizzas géniales et ils livrent.

Il lui arracha le menu des mains, comme s'il était impatient d'avoir quelque chose d'autre à regarder.

— Une seule suffira ?

Elle s'arrêta, le contempla et secoua la tête.

— Deux.

Il approuva, satisfait.

— Deux donc.

Dans un rire, elle entra dans sa chambre et se dirigea vers sa salle d'eau. La journée avait été atroce. Heureusement, elle était presque terminée. Summer avait hâte d'être à ce soir. Easton n'avait pas la moindre idée de ce qui l'attendait, mais elle, si. Et elle ne désirait rien de plus que de dormir dans ses bras. Cette fois dans un lit.

EASTON S'APPUYA CONTRE la porte de sa chambre, étudiant la pièce. Comme Summer, elle était un peu désordonnée, une étude de contrastes. Des rideaux blancs duveteux pendaient de la fenêtre presque jusqu'au sol, mais son lit, qui devait être un King size, était recouvert d'une couette d'une chaude couleur chocolat profond. Elle était romantique et aimait son confort. Elle ne pouvait pas occuper plus de quinze centimètres de ce lit.

Pour la première fois, il se demanda si elle avait eu un homme dans sa vie récemment. Est-ce que quelqu'un avait vécu ici avec elle ? Easton était-il en train de faire des suppositions alors qu'il ne devrait pas ? Ce n'est pas parce que les femmes aguichent, font croire qu'il s'agit d'une invitation, que c'est toujours le cas. Pour l'instant, il ne pensait pas se méprendre mais… Pourtant, ses paroles, ses actes, l'étincelle dans ses yeux lorsqu'elle le regardait, tout l'invitait.

Il entendit l'eau de la douche s'arrêter.

Sa voix retentit derrière la porte de la salle de bains.

— Si tu restes là à étudier ma chambre, tu pourrais aussi bien entrer et venir prendre une douche.

Easton se redressa.

— Comment peux-tu savoir ce que je fais ?

— Parce que la porte de la salle de bains est ouverte et que je peux te voir dans le miroir. J'espérais que tu entrerais tout seul, mais c'est trop tôt pour toi, hein ?

Il retint son souffle. Ce n'était pas une bonne idée. Summer était toujours en danger. Cette pensée disparut en un éclair et il se retrouva à la porte de sa salle de bains.

— J'espérais un peu pouvoir le faire aussi, admit-il. Mais je me suis dit qu'on n'en était pas encore là.

Summer ouvrit la porte de la douche et attrapa une serviette sur le côté.

Il put apercevoir sa chair crémeuse lorsqu'elle fit glisser la porte un peu plus loin et que son visage en sortit. Il sourit.

— Tu ressembles à un rat mouillé.

Elle le regarda en battant des cils.

— C'est sexy à quel point ?

— Incroyablement sexy.

Easton se laissa aller, se pencha et l'embrassa. Pas brusquement, pas légèrement, un baiser plein de promesses. Il n'était toujours pas sûr de ce qui se passait. Il savait ce qu'il voulait, mais ça allait si vite. Il était du genre chevalier servant. Il aimait prendre son temps.

Quand les bras de Summer se refermèrent sur son cou et qu'elle le poussa dans la douche, il se dit qu'il avait été un peu trop lent à son goût. Easton l'étreignit. Son corps nu était lisse et chaud. La vapeur s'élevait autour d'eux. Leurs corps s'enflammaient tandis que les mains de Summer s'affairaient sur les boutons de sa chemise, sur le fait de la retirer de son jean, de défaire la boucle de sa ceinture, apparemment tout à la fois.

Easton attrapa ses doigts voltigeurs et les retint, mais Summer ne voulut rien savoir. Elle fit mine de le libérer et revint se coller contre son torse, chemise ouverte. Elle pressa ses seins, nus et généreux, contre sa peau.

Easton était perdu. Ses mains glissèrent peu à peu. Il était incapable de résister. Il devait caresser sa peau chaude et soyeuse, ses courbes voluptueuses, dévorer sa bouche brûlante dans un baiser enflammé. Elle se pressa contre lui, une de ses mains descendant vers sa braguette. Il poussa un cri étranglé. Il se retrouva coincé contre la porte de la douche, alors que les mains frénétiques de Summer ouvraient sa fermeture éclair, il laissa sa main se glisser à l'intérieur. Il retint son souffle, bascula la tête en arrière et gémit, le son résonnant dans la petite salle de bains.

— Tu portes beaucoup trop de vêtements, susurra-t-elle en le déshabillant.

Elle déposa un baiser sur ses mamelons, frotta douce-ment sa peau tendre de ses dents. Son autre main caressant son épaule, essayant de retirer sa chemise. Il secoua la tête.

— Laisse-moi les enlever.

Ses hanches n'en faisaient qu'à leur tête, se soulevant sous sa main. Elle caressa le bout de son érection avec son pouce, mais ce n'était pas suffisant.

Cela ne serait jamais suffisant. Il réussit enfin à enlever sa chemise trempée, son jean tomba sur le sol de la douche. Il le jeta dans un coin. Les mains de Summer explorèrent immédiatement la peau qui s'offrait soudain à elle.

Il pouvait à peine la voir avec l'eau de la douche qui ruis-selait, la vapeur qui se formait. C'était l'une des expériences les plus érotiques qu'il ait jamais connues. Sa langue, ses lèvres, son corps glissant, peau mouillée contre peau mouillée et ses foutues mains qui n'arrêtaient pas de caresser, de chercher, d'explorer. Il voulait faire de même, mais il n'osait pas. Il avait peur d'en faire trop, d'interrompre la magie de cette expérience.

Elle le poussa en arrière pour qu'il s'appuie contre la pa-roi dure de la douche, puis enroula ses bras autour de son cou et le tira vers elle, l'embrassant avec une faim qui le surprit.

Puis elle glissa une jambe sur ses hanches, comme si elle escaladait son corps.

Il grogna, la souleva plus haut, pivota et la plaqua contre la paroi de la douche. Il murmura :

— Maintenant, c'est mon tour.

Positionné comme il l'était, il pouvait l'agacer, jouer dans son intimité, sans l'assouvir pleinement jusqu'à ce qu'il soit bien et prêt. Réalisant qu'elle n'avait rien fait d'autre que de susciter un désir ardent en lui, il ne pouvait pas faire moins pour elle. Elle était coincée, mais elle luttait pour l'avoir là où elle le voulait, criant. Il baissa la tête et prit un de ses seins dans sa bouche, suçant fortement son téton.

Elle se déhanchait, criant toujours pour qu'il la pénètre, mais il ne la laissa pas gagner. Pas encore. Sa bouche passait d'un endroit secret à l'autre, caressant, suçant, mordant, mordillant.

— Bon sang, Summer, tu vas me tuer.

Elle gémit.

— Tu me tues. Je veux que tu sois en moi, maintenant, le supplia-t-elle.

— Je ne veux pas que ça se termine trop vite, susurra-t-il, déposant des baisers dans son cou, sur son menton, respirant profondément contre son oreille, sentant son corps se fondre encore plus profondément dans ses bras.

Laissant ses mains glisser le long de son dos jusqu'à ses fesses, il changea de position et s'enfonça profondément en elle.

Elle cria. Elle se démena contre ses hanches. Son corps se balançant sur place, comme si elle essayait, cherchait, expérimentait, pour atteindre l'extase qu'elle savait pouvoir obtenir de lui. S'émerveillant de la femme sauvage qu'il tenait dans ses bras, il la pénétra encore et encore, ses lèvres léchant sa lèvre inférieure, plongeant sa langue dans sa bouche, la caressant, la pressant tandis qu'il s'enfonçait encore plus profondément, plus longtemps, plus fort en elle.

Elle l'enserra étroitement et l'embrassa en retour, lui donnant centimètre par centimètre plus de plaisir qu'il ne pensait pouvoir en supporter. Et pourtant, ce n'était pas suffisant. Elle resserra ses cuisses autour de lui et se plaqua contre ses hanches. Bassin contre bassin, ils ne faisaient plus qu'un.

Il écarta ses fesses, caressant sa peau douce. Elle frémit et se recula. Il baissa la tête, lécha son cou et sa clavicule, la poussant de plus en plus haut contre lui.

Elle embrassa sa lèvre inférieure, la suça avec force. En même temps, ses muscles intérieurs se contractaient et se relâchaient, se contractaient et se relâchaient. Easton crut être mort et au paradis. Il l'étreignit fort et la pénétra encore et encore et encore. Elle l'encouragea par ses cris jusqu'à ce qu'elle hurle son prénom et s'effondre sur lui.

À bout de force, il s'enfonça une dernière fois en elle et explosa. Son ultime pensée fut de savoir d'où venait cette femme. Et comment diable l'avait-il gardée ?

CHAPITRE 16

PLUS D'UNE HEURE s'était écoulée lorsque, enfin, Summer releva la tête de sa couche humide. Un immense sourire s'épanouit sur son visage. Ses bras, étendus devant elle, son cœur s'apaisait, sa respiration ralentissait. Elle se pencha tendrement vers Easton pour lui donner un doux baiser sur le menton. Alors, il abaissa son bras pour l'entourer et l'attirer près de lui. À son oreille, il chuchota :

— Où étais-tu tout ce temps ?

Elle se blottit contre lui et répondit :

— J'attendais que tu te montres. C'est bête que nous ayons dû aller au Canada pour nous rencontrer.

Summer appréciait le doux grondement qui s'échappait de sa poitrine. C'était un son si agréable. Elle reposa sa tête sur son épaule et sourit.

— Maintenant, si toute cette merde qui nous entoure n'existait pas, ce serait parfait.

Il resserra doucement son étreinte.

— C'est parfait malgré tout.

Elle sourit.

— C'est vrai, je te l'accorde. J'aimerais quand même apprendre qu'ils ont attrapé ce connard.

— Nous aurons des nouvelles dès qu'il y en aura.

— Tu es plus confiant que moi.

— Non, dit-il d'un ton décontracté. Mais j'ai un long

rayon d'action, j'obtiendrai bientôt des informations.

Summer acquiesça.

— Je suis épuisée, mais en même temps, j'ai l'esprit qui tourne en boucle.

— C'est le manque de nourriture.

— As-tu commandé les pizzas ?

Elle se redressa et le fixa. Lorsqu'elle se rendit compte qu'il ne l'avait pas encore fait, elle grogna.

— Nous allons mourir de faim, tu le sais, n'est-ce pas ?

Il sourit, son regard focalisé sur les courbes généreuses de sa poitrine.

— Je ne vois pas de meilleure façon de mourir.

Elle se retourna et repoussa doucement sa main qui descendait vers ses fesses.

— Oh non, sûrement pas. Lève-toi et commande-nous une pizza. Je vais m'habiller. Ensuite, je devrai m'occuper de mon matériel photo. Vu les problèmes que j'ai eus, j'aimerais passer en revue tout mon équipement pour m'assurer qu'il n'a pas été endommagé et que toutes mes photos ont bien été transférées sur l'espace de stockage.

— Tout ça avant d'aller au lit ?

—Oui. Ce ne sera pas long. D'ici le repas, je devrais avoir tout fait.

Elle se pencha et lui donna un long baiser langoureux.

— En plus, j'aurai besoin d'énergie avant d'aller me coucher.

Il haussa un sourcil.

— Tu as besoin d'énergie pour dormir ?

Sa voix était taquine et empreinte de chaleur.

Elle gloussa et se laissa glisser sur le côté du lit, ses mains caressant le torse puissant d'Easton jusqu'à ses hanches sculptées, passant doucement sur ses boucles de cheveux tout en se redressant.

Son corps réagit instantanément.

— Tu n'as peut-être pas besoin d'énergie, dit-elle moqueuse. Mais j'ai un problème de glycémie, tu te souviens ?

— Absolument, je m'en souviens.

Il descendit du lit à côté d'elle et se dirigea vers la salle de bains.

— Tu réalises que tu as complètement trempé tous mes vêtements ?

— C'est toi, l'idiot, qui est entré tout habillé sous la douche, lui répondit-elle.

Elle se dirigea vers sa commode pour en sortir un legging et un débardeur. Elle avait envie de s'habiller sans contraintes. Surtout qu'elle espérait être de retour au lit dès qu'ils auraient mangé. Elle avait l'intention de profiter au maximum de chaque minute avec Easton. Pendant ce temps, elle lui ferait comprendre où était sa place : à ses côtés.

Elle tressa ses cheveux par-dessus son épaule et attrapa un bandeau. Une fois sa natte attachée, elle le regarda, debout, avec ses vêtements trempés, arborant un air consterné. Elle éclata de rire.

— Je vais les mettre dans le sèche-linge, dit-elle. Tu veux les laver d'abord ?

Elle lui montra la machine à laver dans le placard. Il mit ses vêtements dedans et la démarra. Toujours nu, il alla chercher son sac à dos dans le couloir et le ramena dans la chambre, où il en sortit des vêtements propres.

Dès qu'il enfila un short, elle soupira tristement, fit demi-tour et déclara :

— Je vais préparer la cuisine.

Dans le salon, elle s'occupa de ses sacs. Elle déplaça celui contenant ses vêtements dans sa chambre et prit son matériel photo pour le transporter dans la cuisine.

Elle fouilla dans un placard à la recherche d'une bouteille de vin, au cas où Easton en aurait envie. Elle la trouva sur l'étagère supérieure. Elle pensa à faire du café. Mais il était déjà assez tard et Summer ne souhaitait pas qu'Easton ait du mal à dormir. Cela dit, elle se rendit compte qu'en restant éveillée, elle pourrait profiter davantage de sa présence. Elle prépara, alors, du café.

Easton parcourut la cuisine, examinant tout son équipement.

— Il y a tant de choses ici.

Il prit un appareil photo et regarda dans le viseur.

— Je ne l'ai jamais vu auparavant.

— Non. Je le garde dans le sac. Principalement pour les objectifs. J'ai un appareil photo reflex principal et quelques appareils photo à déclenchement rapide, juste pour les occasions qui nécessitent une réponse fulgurante. Celui que tu tiens est mon ancien préféré. Il est dans un état très différent des autres. Quand j'en ai un nouveau, il m'est difficile de me séparer d'un vieil ami, alors je continue à l'emporter avec moi.

Elle sourit face à son expression.

— Oui. Ce sont des amis. On ne laisse pas partir ses amis comme ça.

La compréhension se dessina sur son visage, il lui sourit tendrement.

— Je suis sûr que tu as d'autres amis.

— Bien sûr que oui.

Il fouilla à l'intérieur du sac et en sortit un étui à pellicules.

— Tu n'utilises sûrement plus ça ?

Elle rit.

— Non, plus du tout. C'est dépassé depuis des années.

Il ouvrit le couvercle et en sortit une clé USB qu'il brandit.

— Et ça, à quoi ça sert ?

Elle se retourna après avoir sorti deux tasses du placard.

— Ce n'est pas à moi.

Il se figea.

— Tu en es sûre ?

Elle posa les tasses sur le comptoir, s'approcha, prit la clé USB, la tourna et observa l'étui.

— J'en ai un comme ça, mais j'y laisse des piles.

Elle déposa la clé USB sur la table et plongea dans son sac. Au fond, elle trouva un autre étui, identique à celui qu'il avait déniché. Elle retira le couvercle et lui montra les piles qu'elle gardait toujours en réserve.

— Celui-ci est à moi. L'autre, je ne sais pas.

Ils se regardèrent mutuellement, puis Easton dit :

— Je vais chercher mon ordinateur portable, voyons de quoi il s'agit.

Summer regarda l'étui en double, se demandant quand elle avait pu le prendre. Easton revint avec son ordinateur. Il l'alluma et attendit que le système démarre.

— Tu sais, quand je suis arrivée sur la base, le pilote m'a escortée dans l'un des bureaux où se trouvait tout l'équipement informatique de l'armée. Conformément au protocole de sécurité standard du Canada, j'ai sorti tout mon matériel, pour m'assurer qu'il ne présentait aucun problème d'utilisation et pour le déclarer comme étant le mien, raconta-t-elle à voix basse. Il y avait déjà beaucoup de matériel sur la table, lorsque j'ai déposé le mien. Il est, tout à fait, possible que, quand j'ai tout ramassé, j'aie pensé que le deuxième étui était à moi et que je l'aie enfourné, par erreur, dans mon sac.

— Et il est, tout à fait, possible que tous ceux qui te poursuivent en aient en réalité après cela.

Il brandit la clé devant elle et l'inséra dans son ordinateur. Elle était protégée par un mot de passe.

— J'ai une solution pour ça.

Elle l'observa, tapant sur le clavier. Un programme s'ouvrit et commença à faire défiler diverses combinaisons.

— Tu essaies de pirater le mot de passe ?

— Je *vais* le pirater, affirma-t-il en souriant. La vraie question est de savoir en combien de temps. Te souviens-tu de ce qui se trouvait dans la pièce ou des personnes présentes lorsque tu as sorti ton équipement ?

Elle secoua la tête.

— Non, je venais d'arriver. J'étais épuisée par le voyage. J'étais excitée d'être là. Je n'ai pas prêté attention aux autres. Lorsque j'ai sorti un de mes appareils photo, j'ai pris quelques photos pour le régler. Je me suis fait crier dessus. J'ai expliqué que je n'avais fait que régler mon appareil. Je l'ai remis dans mon sac. Je n'ai pas pris de vraies photos, elles n'auraient pas été bonnes.

Il la considéra.

— Peux-tu retrouver ces photos ? Peut-être verrons-nous quelque chose d'intéressant dessus.

Elle approuva et s'assit pour passer en revue ses appareils photo. Elle adorait ceux à déclenchement rapide. Elle se saisit du premier, ignorant lequel d'entre eux avait accidentellement capturé ces clichés. Remontant le temps, elle parcourut plusieurs images, cliquant jusqu'à ce qu'elle trouve la bonne période.

Easton décrocha son téléphone.

— Salut, Devlin. Nous avons trouvé des choses intéressantes.

Summer l'écouta attentivement décrire ce qu'ils venaient de découvrir et comment Easton avait lancé un programme de détection de mot de passe sur la clé USB.

— J'arrive, décréta Devlin. Vous avez commandé cette pizza ?

Easton éclata de rire. Il confirma que deux grandes pizzas étaient en passe d'arriver.

— Génial. Je serai là dans quelques minutes.

Easton posa son téléphone sur la table à côté de lui.

— Devlin débarque. Il veut voir ce qu'il y a sur la clé USB.

— COMBIEN DE temps faudra-t-il pour craquer le mot de passe ? demanda Summer en se tenant à ses côtés.

L'odeur suave qu'elle dégageait le ramena à la chambre à coucher.

— J'espère que ce ne sera pas long.

Elle déposait deux tasses de café vers eux lorsque la sonnette retentit. Ils se dirigèrent vers la porte et payèrent le livreur de pizza.

Dans la cuisine, ils attrapèrent des parts toutes chaudes et mangèrent tandis que le programme travaillait. Une heure après le début de la recherche, le logiciel s'arrêta, indiquant qu'il avait réussi. Easton ouvrit rapidement la clé et trouva plusieurs dossiers. Cliquant sur le premier, il découvrit toutes sortes de données. Non seulement la conception du système d'approvisionnement en eau de l'armée canadienne, mais aussi une liste de tous les noms des participants au camp.

— Intéressant, commenta-t-il, penché sur les plans. C'est très similaire. Similaire, mais pas tout à fait identique. C'est le développement du système d'eau de la prochaine généra-tion. Très intéressant.

Il fit défiler la page pour trouver des plans et une autre liste de noms accompagnée de grades, ainsi que ce qui semblait être des informations liées à des contacts. Le deuxième dossier comportait de nombreuses adresses internationales. Ça n'augurait rien de bon.

— Comment ont-ils obtenu ça ? s'interrogea Summer en examinant les informations. C'est de l'espionnage.

Easton approuva.

— Quand tu as pris cet étui, son propriétaire était dans la pièce.

Il se tourna pour la regarder.

— As-tu retrouvé les photos que tu recherchais ?

— Pas encore. Je continuerai quand j'aurai fini de man-ger.

— Parfait. Peut-être qu'on va enfin pouvoir faire une pause.

Easton poursuivit l'exploration des autres fichiers. Il réa-lisa que ces informations étaient bien trop cruciales. Elles ne devaient pas être seulement sauvegardées sur cette clé USB. Il envoya un message rapide à Mason et copia le matériel sur son espace de stockage personnel dans le cyberespace. Mason répondit alors qu'il retirait la clé de l'ordinateur. Malheureu-sement, Tesla n'avait rien trouvé d'exploitable sur les images envoyées par Easton. Les chiffres ! Il venait d'avoir une illumination. Quelqu'un avait, non seulement, volé des informations aux Canadiens mais aussi aux Américains. Il détestait l'admettre, mais il y avait de fortes probabilités pour qu'il s'agisse de l'un de ses compatriotes.

— Je crois que j'ai trouvé quelque chose, annonça Summer, en fronçant les sourcils et en se rapprochant. Ce devrait être l'un d'eux.

Il attendait qu'elle s'explique quand la sonnette retentit.

— Ce doit être Devlin.

Easton se leva rapidement et se dirigea vers la porte d'entrée. Il jeta un coup d'œil par le judas, aperçut Devlin et déverrouilla la porte. Devlin fit son entrée comme s'il était pressé. Easton s'apprêtait à refermer la porte. Trop tard. Le tireur était déjà à l'intérieur, vêtu entièrement de noir et portant un masque de la même couleur, dissimulant son identité.

— Désolé, Easton. Il m'a pris par surprise en sortant de la voiture, déclara Devlin d'une voix dure tout en fixant le tireur du regard.

Easton acquiesça.

— Ce n'est pas un problème. Nous étions en train de découvrir qui il était de toute façon. Il était temps de mettre fin à cette affaire.

Le tireur renifla.

— Vous n'avez pas la moindre idée de qui je suis.

À ce moment, il entendit Summer crier depuis la cuisine :

— J'ai trouvé.

Elle sursauta.

— Oh, mon Dieu, je le connais. Nous le connaissons tous.

Le tireur fit signe aux deux hommes d'entrer dans la cuisine.

— Rejoignez-la.

Easton et Devlin échangèrent un regard, puis obéirent.

Summer sourit à Devlin.

— J'ai trouvé.

Elle lui montra l'appareil photo.

— Tu vois ?

Il n'avait pas besoin de voir l'image qu'elle tenait dans sa main. Il avait déjà reconnu la voix du tireur. Il fit un signe de tête à Summer et lui dit doucement :

— Oui, c'est le pilote.

CHAPITRE 17

SUMMER SCRUTA L'HOMME qui se tenait derrière Devlin et Easton. Elle n'en revenait pas que ce type soit le même que celui qu'elle avait aperçu de temps en temps au cours des journées passées là-bas, celui qui l'avait conduite au bureau où elle avait déchargé son matériel.

Elle le fixa.

— C'est vraiment toi, Robbie ?

— N'utilise pas mon prénom, rugit-il.

Elle fronça les sourcils et se leva de la table.

— Pourquoi ne l'utiliserais-je pas ? C'est ton prénom. Que fais-tu ici ? Es-tu impliqué dans cette histoire ?

Elle argua en s'approchant.

— Ce n'est vraiment pas très malin. Tu sais, il n'y a rien de bon à en tirer.

— Reste en arrière, lui ordonna-t-il en pointant son arme vers elle.

Elle s'arrêta, dubitative.

— Tu n'as pas peur de moi ? Si ?

Il ricana.

— Bien sûr que non. Mais je ne fais pas confiance à ces deux-là.

— C'est probablement une bonne idée.

Elle lui adressa un sourire radieux.

— Ce sont des gars plutôt louches.

Easton l'observa du coin de l'œil. Elle passa son bras dans le sien.

— Tu sais, tu peux te sortir de tout ça.

— Jamais de la vie, salope.

— Ça ne sert à rien de devenir méchant, souligna Summer, contrariée.

Elle désigna l'ordinateur posé sur la table.

— Je suppose que tu veux récupérer cette clé USB.

Elle observa son regard se diriger vers la table, puis revenir vers elle.

— Tu ne peux pas y accéder, inutile d'essayer, dit-il en montrant l'ordinateur. Donne-moi la clé.

Elle haussa les épaules, s'approcha et l'éjecta.

— La voilà.

Il lui arracha la clé USB des mains et la glissa dans la poche de son pantalon.

— Enfin, grogna-t-il. Tu m'emmerdes depuis le jour où tu l'as récupérée.

— Comment ça, je l'ai récupérée ? C'était un accident.

— Je le sais maintenant. Mais, quand tu l'as fait, avec tant de désinvolture, j'ai pensé que c'était toi qui devais la récupérer pour la remettre. J'étais censé le faire, mais j'ignorais quand et comment. Le lendemain, quand on m'a indiqué où la remise devait avoir lieu, j'ai réalisé que c'était toi qui avais la clef.

— Tu pensais réellement que je faisais partie de tout ça ? s'offusqua Summer.

Elle le regarda avec horreur.

— Je ne ferais jamais une chose pareille.

— Sur le moment, je me suis fait la même réflexion. Mais, ça semblait être un plan magistral. Imagine mon choc quand j'ai découvert à quel point j'avais tort.

Elle lui lança, furieuse :

— Tu avais vraiment besoin de tirer sur mon chauffeur ?

— C'était censé être toi.

— Oh, c'est pour ça qu'ils n'ont pas trouvé le sniper, s'écria-t-elle. Ils pensaient qu'il était retourné au camp pour se fondre dans la masse, alors qu'en fait, tu étais déjà dans l'avion. Tu n'as eu qu'à te faufiler là à ta place.

Elle le fixa avec sévérité.

— Mais vraiment, avoir tiré sur le chauffeur est impardonnable. Et me tirer dessus aussi. J'ai eu très mal à la tête, pendant toute la journée.

Instinctivement, elle leva la main pour vérifier sa blessure. Comme elle y avait à peine pensé dans la journée, elle supposa qu'elle était guérie.

Il lui jeta un regard noir.

— Au final, ça ne changera rien.

— Tu crois vraiment que quelqu'un peut te payer assez cher pour te permettre de fuir tout le reste de ta vie ? Pour passer ta vie à regarder par-dessus ton épaule ? Tu n'as pas les idées claires, commenta-t-elle.

— Tu n'en sais rien. Ça ne te regarde pas.

— Quoi ? s'écria Summer. Ça ne me regarde pas ? Après tout ce que tu m'as fait subir ?

— Ce n'était pas moi. C'était Harry.

— Eh bien, il est mort, donc il ne peut pas se défendre.

Elle se concentra sur le pilote, son esprit réfléchissant à l'enchaînement des événements.

— C'est un des gardes qui a tué Harry, n'est-ce pas ? Et toi, tu as tiré les deux fois. Au lieu de rentrer au camp, tu es retourné à l'aéroport. Et en ce qui concerne la respiration dans ma tente ? Et ce foutu serpent ? Encore Harry ? C'est pour ça qu'il a été tué ?

— Oui. L'échec n'était pas une option. Il est mort parce qu'il a échoué.

— C'est pour ça que tu es si désespéré. Tu dois t'assurer que tu n'échoueras pas, parce que, sinon, tu seras le prochain sur le billot.

Robbie acquiesça.

— Une fois que je lui aurai remis cette clef, je serai tiré d'affaire. Et je filerai d'ici.

— Il n'y a rien d'important sur ce truc, remarqua Summer.

À côté d'elle, elle sentit Easton se raidir. Elle réalisa qu'elle n'aurait probablement pas dû en parler.

Le tireur la dévisagea.

— Tu n'as pas la moindre idée de ce qu'il y a là-dedans. Elle haussa les épaules.

— Non, mais je peux deviner. D'une manière ou d'une autre, cela doit avoir un rapport avec le programme sur l'eau sur lequel travaillent les Canadiens. Ce n'est pas très important.

C'était presque drôle de voir les épaules de Robbie se relâcher, de le voir se calmer immédiatement.

— Tu n'en sais rien.

Summer s'approcha d'Easton. Elle n'était pas encore tout à fait à sa portée. Mais, il allait falloir agir. Robbie ne pouvait pas se permettre de les laisser vivre. Ils l'avaient déjà identifié.

Elle se blottit contre le torse d'Easton, espérant qu'il l'entourerait de ses bras. Bien sûr qu'il le ferait. C'était ce genre de type. Elle pouvait sentir les muscles tendus contre son dos, sa prise sur ses bras. Il y avait de fortes chances pour qu'il veuille l'écarter de son chemin afin de pouvoir sauter sur Robbie. Mais, ce n'était pas ce qu'elle voulait. Dès que les bras d'Easton l'étreignirent, elle leva légèrement ses jambes et se tendit. Elle posa un pied sur le sien et, tandis que Robbie regardait autour de lui, réfléchissant à ce qu'il allait faire, elle lança sa jambe et donna un violent coup de pied dans sa main armée. Puis, s'appuyant sur les bras d'Easton, elle se contorsionna et lui asséna un violent coup de pied dans la tête. Son pied percuta sa mâchoire. Summer atterrit et s'exclama :

— Bon sang, ça fait mal.

Devlin était déjà sur Robbie, le plaquant au sol. Easton ramassa l'arme, vida le chargeur et la posa sur la table. Summer sautait sur le sol en se tenant le pied.

— C'est ta faute.

— Rien de tout cela n'est de ma faute, soupira Easton. Tu as donné un coup de pied dans la tête d'un assassin, avec ton pied nu…

— Il fallait bien que quelqu'un fasse quelque chose.

— Eh bien, je suis heureux que tu fasses ce qu'il faut quand il le faut, s'esclaffa Devlin.

Summer lui lança un regard noir.

— Bien sûr, tu essaies juste d'être gentil.

Il rit.

— Tu es vraiment… toi.

Elle le considéra, perplexe, et haussa les épaules.

— C'est tout ce que je sais être.

— Exactement, dit Easton.

Il passa un bras autour de ses épaules et la serra contre lui.

Elle jeta un regard au tireur.

— On en a fini maintenant ? Je peux reprendre le cours de ma vie ? Ça devrait être la fin ?

— Pas tout à fait, déclara Devlin depuis le sol.

Il fit rouler Robbie sur le dos.

— Qui est ton contact ?

Robbie se contenta de les fixer.

Easton s'approcha, se pencha vers Robbie et lança :

— Ce ne serait pas le général Morgan, par hasard ?

Le regard de Robbie s'écarquilla, il les dévisagea :

— Comment l'avez-vous su ?

Les deux hommes pointèrent Summer du doigt.

Elle sourit.

— Je l'ai photographié.

Robbie était toujours en train de jurer lorsque les policiers et Mason arrivèrent vingt minutes plus tard. Summer se focalisa sur l'homme à l'allure distinguée, qui entra dans la pièce. Elle sentit sa prestance, sa puissance rien qu'à sa posture. Il donnait l'impression d'avoir un contrôle absolu sur la situation en un clin d'œil. Elle lui adressa un sourire charmeur.

— Puis-je vous prendre en photo ?

Mason haussa les sourcils et l'étudia comme s'il s'agissait d'une créature qu'il n'avait jamais vue auparavant.

Easton soupira.

— Ignore-la, Mason. Elle fait ça à tout le monde.

— Je veux prendre des photos de tous tes amis. Puisque tu ne me laisses pas te photographier, susurra-t-elle à Easton d'une voix cajoleuse.

Devlin sourit.

— J'y réfléchirais sérieusement à ta place, suggéra-t-il à Easton. Imagine qu'elle commence à prendre des photos de Saul et Dakota. Ou de Ryder et Corey. Ils sont tous célibataires.

Easton lança un regard dur à Devlin, dévisagea Summer et lui demanda :

— Si j'accepte, laisseras-tu mes amis tranquilles ?

— Bien sûr, promit-elle, dans un sourire. Je pourrais m'amuser à prendre des photos de toi toute ma vie.

Elle lui prit le menton et lui caressa la joue.

— Et je me fiche de savoir si elles seront réussies ou non, je les garderai toutes.

Mason intervint, intéressé :

— Garder les photos ? Vous ne gardez pas l'homme ?

— Je vais tout garder. Il n'a pas son mot à dire. Il pourrait le croire, mais ce n'est pas le cas, répliqua-t-elle souriante.

Devlin s'esclaffa.

— Easton, qu'en penses-tu ?

Easton roula des yeux.

— Comme si j'avais le choix.

Elle se tourna vers lui.

— Tu as le choix, tu sais. Je ne ferai jamais rien que tu ne veuilles pas. Si tu ne veux pas que je te garde, ce n'est pas grave.

Il la contempla intensément, puis rit.

— Et en quoi n'est-ce pas grave ?

Elle sourit.

— Eh bien, ce n'est pas grave pour le moment. Je vais, simplement, continuer à te harceler, jusqu'à ce que tu voies les choses à ma façon et que tu changes d'avis.

Il secoua la tête et l'enlaça.

— Ce n'est pas encore tout à fait fini. Il faut aller chercher le général pour l'interroger. Leur procès n'est pas pour demain.

— Ce n'est pas grave. Je te fais confiance, dit-elle. Quoi que tu fasses, cela me semble parfait.

— Tu es parfaite.

— Oui, mais tu m'aimes, alors c'est parfait aussi, rit

Summer.

Il la contempla longuement, comme si la vérité venait de lui apparaître. Elle vit son regard s'écarquiller, le choc passer dans ses yeux et enfin l'évidence s'installer. Elle savait qu'il ne l'avait pas encore tout à fait acceptée, mais elle espérait qu'il y parviendrait bientôt.

— Comment l'as-tu su ?

Elle fronça le nez en le regardant.

— Il ne pouvait en être autrement. Parce que je t'aime. Tu es un gardien. Je ne te laisserai jamais partir, lui répondit-elle.

Il l'étreignit. Juste avant de l'embrasser, il lui murmura :

— Tu as intérêt à être sûre de toi, car je ne laisserai jamais personne d'autre s'approcher de toi.

Elle gloussait encore lorsque ses lèvres se refermèrent sur les siennes. Lorsqu'elle put relever la tête, elle lui sourit.

— C'est tout ce que j'ai toujours voulu.

ÉPILOGUE

RYDER LEWIS S'INSTALLA sur sa chaise pliante, une bière à la main. Il regarda Summer charmer les invités qui l'entouraient dans le jardin de Markus. Markus était un des membres de l'unité de Mason. Lui et sa partenaire pendaient leur crémaillère avec tous leurs amis.

Summer ne semblait pas du tout impressionnée par la foule. Elle était occupée à photographier des couples.

Les rires étaient contagieux et même lui esquissait un sourire. Normalement, il n'était pas très optimiste, mais ces derniers temps…

— Hé, tu bois toujours la même bière ?

Corey s'affala sur la chaise pliante à côté de lui.

— Personnellement, je pense que j'ai besoin de quelque chose de plus fort.

Ryder lui jeta un coup d'œil.

— Pourquoi ?

— Il y a un peu trop d'amour dans l'air. Je ne m'attendais pas à me sentir aussi perdu, en étant célibataire.

— Tu as amené une petite amie, lui fit remarquer Ryder. Tu n'es pas célibataire.

— Une amie, oui. Une petite amie, non. Il était hors de question que je vienne seul. Tu es plus courageux que moi, lui expliqua Corey avec un regard en coin.

— Merde, je n'y ai pas pensé.

Corey s'esclaffa.

— Tu as besoin de planifier à l'avance. Si tu avais les sœurs que j'ai, tu aurais trouvé ce subterfuge en un instant.

— Ah, si j'avais autant de sœurs, j'aurais quitté la ville, répliqua Ryder, songeur. Je ne pense pas non plus avoir dans mon entourage une femme que j'aurais pu appeler pour me servir de couverture et m'aider dans une situation comme celle-ci.

— Bien sûr que si. Caitlyn ?

Le cœur de Ryder fit un bond.

— Bien sûr que non.

— Pourquoi donc ?

Perplexe, Corey fit comprendre à Ryder que sa longue histoire avec Caitlyn lui échappait complètement.

— Tu l'as emmenée au bal de fin d'année. Tu étais à ses côtés quand elle a obtenu son diplôme d'infirmière… Tu l'as escortée lors de son mariage et tu l'as saoulée pour fêter son divorce. Mec, c'est une grande amitié. Elle aurait été ravie de venir, avec toi, aujourd'hui.

Ryder secoua la tête, mais ne répliqua rien. Il en était incapable.

— À moins que quelque chose n'ait changé ? insista Corey, s'inclinant soudainement. Vous vous êtes disputés ?

— Non. Pas de dispute, répondit Ryder. Mais, malgré sa tentative de garder un ton neutre, sa voix se fit plus sourde.

Il prit une profonde inspiration ; Corey n'était pas dupe.

— Si vous ne vous êtes pas disputés, alors c'est le contraire…

Le silence fut la seule réponse de Ryder.

— Ah, bon sang.

Un autre silence s'ensuivit.

Corey respira profondément et se lança :

— Ne me dis pas que… Quand vous étiez ivres, tu as couché avec elle.

Ryder souleva sa bière et fit couler le liquide frais dans sa gorge. Tout pour repousser les souvenirs chauds et douloureux à l'arrière. La douleur. La perte.

— Et ça n'a pas marché ?

Corey le poussa prudemment.

— Marché ? Caitlyn s'est levée le lendemain matin et est partie. Je n'ai plus jamais eu de nouvelles depuis. Ça fait quatorze putains de mois. Je dirais que ça correspond à la définition de « ça n'a pas marché ».

Corey fouilla dans la glacière à côté de lui et en sortit deux autres bières. Il en tendit une à Ryder.

— Désolé, Ryder. Trinquons à ton célibat.

Les deux hommes entrechoquèrent leurs canettes. Une agitation soudaine au coin de la maison attira leur attention. Un nouvel arrivant. Il y avait déjà près de soixante personnes à cette fête. Quelques personnes de plus ne changeraient pas grand-chose.

— Ce n'est pas Mac et Quinn ?

— On dirait bien.

Ryder se rasséréna à la vue d'autres hommes qu'il connaissait. Une brèche dans la foule montrait qu'ils étaient arrivés avec des cavalières.

— C'est officiel. Je crois que je suis le seul à être venu sans être accompagné.

— Et tu devrais te préparer. Je peux me tromper, mais je crois que c'est Caitlyn au bras de Mac.

Le cœur de Ryder se figea, volant en éclats. Il posa sa canette de bière dans la main de Corey.

— Tiens, j'ai fini.

Il se leva et se dirigea vers le côté opposé de la maison. Il pouvait supporter beaucoup de choses dans la vie, mais voir la seule femme qu'il ait jamais aimée au bras d'un autre homme, encore une fois, n'en faisait pas partie.

C'est la fin du tome 13 de *Légion d'honneur : Easton.*
Découvrez le premier chapitre de *Ryder : Légion d'honneur,*
tome 14

Légion d'honneur : Ryder, tome 14
Chapitre 1

L E SILENCE ÉTAIT assourdissant.

Ryder déplaça son regard sur les bâtiments déserts à sa gauche. Les renseignements étaient exacts. Cette mission en Irak n'en était que plus difficile. L'artificier était cerné, coincé à l'intérieur de la structure délabrée, située devant Ryder. Il voulait s'assurer que l'artificier n'avait pas posé de pièges qui lui permettraient de s'échapper. L'armée américaine le recherchait. Elle voulait l'interroger à propos des deux bombes ayant fait exploser un stade à Bagdad. Vingt-deux personnes avaient trouvé la mort et soixante-dix autres avaient été gravement blessées dans ces explosions.

Devlin et Easton se trouvaient de l'autre côté du bâtiment. Ils suivaient les mouvements de l'ennemi. Corey surveillait les arrières de Ryder. Une seconde équipe, constituée de quatre hommes, vérifiait les autres bâtiments. L'oreillette de Ryder grésilla.

— L'équipe Beta se déplace.

Ryder avança, silencieux, prêt à tuer. Rien devant, rien sur les côtés. Il s'accroupit et balaya rapidement l'intérieur à partir de la porte. Aucun fil de déclenchement. Bien.

Synchronisés, Ryder et Corey passèrent en revue toutes les pièces du rez-de-chaussée tandis qu'Easton et Devlin surveillaient le périmètre. Ryder et son équipier ne trouvèrent rien. Toujours à l'affut, Ryder continua d'avancer. Ce n'était pas le moment de baisser sa garde. L'enjeu était trop important.

Des coups de feu retentirent au loin. La seconde équipe SEAL. La voix de Devlin crépita dans l'oreillette de Ryder.

— Surveillez vos arrières. Des terroristes arrivent de dehors.

Aussitôt, Ryder et Corey se fondirent dans l'ombre. Si quelqu'un arrivait, Ryder voulait le voir en premier. Quiconque connaissait l'artificier les intéressait. D'autres coups de feu se firent entendre. Ryder échangea un regard de connivence avec Corey. Il sut immédiatement ce que cela signifiait. L'équipe Beta essuyait d'autres tirs. Ils ne pouvaient pas encore intervenir. Corey et lui avaient achevé un balayage complet de l'étage inférieur, mais ils devaient encore vérifier le reste du bâtiment.

— Exploration terminée, murmura Easton dans l'oreillette de Ryder. Je suis de l'autre côté de l'entrée principale. Nous avons de la compagnie.

Silencieusement, Ryder fit signe à Corey, avant de se glisser à l'extérieur du bâtiment, longeant le mur vers l'avant. Du coin, il jeta un coup d'œil. Un homme montait la garde, dos à l'entrée. Un deuxième homme, accroupi contre la porte d'entrée, était en train d'installer quelque chose sur la marche. Une bombe.

Ryder avertit les autres en utilisant les clics appropriés sur son émetteur. C'était bien une bombe. Cela ne faisait aucun doute. Cette une arme était sans pitié. Ryder n'avait aucun moyen de prévoir son champ d'action et il n'avait aucune intention de le découvrir. L'avertissement fusa :

— Éloignez-vous de la bombe. Mains en l'air.

L'homme accroupi se retourna, relevant son arme. Un seul coup de feu déchira l'air. Ryder jaillit de sa cachette et braqua son arme sur l'homme restant debout. Le poseur de bombe s'était effondré sur l'engin qu'il avait placé sur la marche d'entrée. Ryder pouvait voir les fils connectés à la poignée de la porte. C'était rudimentaire mais efficace. La question était la suivante : le poseur de bombe était-il mort avec le déclencheur dans la main ? La bombe était-elle prête à exploser ?

Ryder reporta son regard sur le garde. Il recula d'un pas en regardant son camarade gisant au sol.

— Tout le monde à couvert, hurla Ryder dans sa radio, avant de plonger au sol.

Quelques secondes plus tard, la bombe explosa, projetant de la terre et des morceaux de corps. Ryder se releva immédiatement, son arme braquée sur le garde propulsé au sol par l'explosion.

L'équipe Alpha de Ryder était rassemblée au point de rendez-vous désigné, plus tôt que prévu… Devlin et Easton avancèrent jusqu'à l'extrémité de la ville, d'où provenaient les premiers tirs. L'unité Beta ne donnait aucun signe de vie. Ryder devait en déduire qu'ils avaient des problèmes. Il ne prenait donc aucun risque.

Enfonçant son arme dans la nuque de son prisonnier, tout en le poussant contre un mur, Ryder demanda :

— Où est l'artificier ?

L'homme garda le silence, se contentant de le fixer de ses yeux noirs. Ryder haussa les épaules.

— Nous obtiendrons des réponses d'une manière ou d'une autre.

Il ne croyait pas un instant que l'homme, mort dans l'embrasure de la porte, ait pu être l'artificier. Les hommes comme lui avaient une douzaine d'assistants fidèles qui mourraient pour les protéger. Tant de morts en vain.

Devlin fit son rapport à Ryder et Easton.

— L'équipe Alpha est toujours à la recherche de l'équipe Beta.

Ryder voulait les rejoindre, mais il devait d'abord mener à bien une autre mission. Il examina le prisonnier, cherchant un moyen de le faire parler rapidement. Les hommes tels que lui préféraient généralement se faire abattre plutôt que de divulguer leurs secrets.

Ryder jeta un coup d'œil à Corey et dit :

— Surveille-le. Je reviens dans cinq minutes.

Corey protesta. Mais, Ryder voulait explorer l'intérieur de la maison de l'artificier. Il voulait comprendre qui était venu les accueillir. L'explosion de la bombe aurait dû alerter les rebelles. Ryder se précipita vers l'endroit où gisait le cadavre. Il ouvrit la porte d'un coup de pied, déclenchant une pluie de coups de feu, venant de l'intérieur. Des cris retentirent dans la maison. Ryder n'entra pas. Il se fondit dans l'ombre et envoya un message à Easton et Devlin.

Les balles jaillirent des fenêtres. L'équipe de l'artificier semblait désorientée. D'après Ryder, il n'y avait que deux hommes armés dans la maison. Il analysa rapidement la scène à travers une vitre brisée. Il tira un coup de feu, l'un des tireurs tomba. Le deuxième homme armé servait de bouclier à un homme plus âgé, qui se recroquevillait derrière lui. C'était donc lui l'artificier. Ryder tira de nouveau. Après avoir éliminé le dernier tireur, il passa par la fenêtre, braquant son arme sur l'artificier.

— Ahmed Amin ?

L'homme le scruta, empli de haine. Ryder lui annonça :

— Je prends cela pour un oui.

Il indiqua à Ahmed Amin de se diriger vers la porte. L'artificier refusa d'un signe de tête et s'agenouilla.

Il ne s'agissait pas d'une mission d'exécution. L'artificier était recherché par le quartier général. Ryder le désarma, le menotta rapidement et l'obligea à sortir. Quelques minutes plus tard, il l'avait placé, aux côtés de Corey et de l'autre prisonnier, sur le point de rendez-vous.

Les deux prisonniers étant maintenant neutralisés, Ryder adressa un sourire complice à Corey.

— Il est temps de regagner le point d'extraction.

Alors qu'ils se retiraient, l'oreillette de Ryder grésilla et Easton annonça :

— Un homme à terre. Mac a été touché.

Le cœur de Ryder se serra.

— Bien reçu.

Ils se dirigèrent vers l'endroit où l'équipe Beta était coincée. Pendant que Corey maintenait les prisonniers ligotés et bâillonnés au sol, Ryder s'avança. Il élimina deux insurgés et réussit à atteindre l'emplacement de l'équipe Beta. Macklin en était sorti, du sang couvrait son épaule gauche et sa poitrine.

— Est-ce grave ?

— Il est inconscient, mais je suis sûr qu'il pourra marcher quand il sera à nouveau réveillé, déclara Keenan, l'un des membres de l'unité de Mac.

Ryder vérifia le pouls de Mac. Il était fort et régulier. Il y avait beaucoup de sang sur son torse, des bulles d'air montaient à la surface. D'après ce qu'il apercevait de la blessure, Ryder pensa que la balle avait seulement touché l'extrémité d'un poumon. C'était déjà grave. La respiration de Mac deviendrait bientôt difficile. Le pansement sanguin n'était, au mieux, qu'une solution temporaire.

Une fois la blessure de Mac soignée, les hommes élaborèrent un rapide plan de sécurisation et un, encore plus rapide, de repli. Ils disposaient de deux véhicules. Tous deux essentiels pour franchir les lignes ennemies. Mac était costaud, mais Ryder ne lui cédait rien en force. Le temps était compté pour son ami.

L'un des membres de l'équipe de Mac demanda :

— C'est bon pour toi ?

Ryder fronça les sourcils et acquiesça. Pourquoi cette question ? Est-ce que tout le monde savait que Mac était en couple avec sa meilleure amie, Caitlyn ? D'ailleurs, est-ce que Ryder devait dire son ex-meilleure amie ? Peu importait. Ils formaient une équipe. Ils n'avaient jamais laissé aucune femme se mettre entre eux jusqu'alors. Ryder n'avait pas l'intention de laisser ça se produire maintenant. Bien sûr, il avait évité Mac autant que possible ces derniers temps, ce qui n'avait pas échappé à l'attention de tous. Certaines choses faisaient toujours mal, même deux ans après.

Portant Mac, Ryder fit demi-tour, tandis que leurs équipiers couvraient leur retraite. Easton et Devlin fermant la marche, ils retournèrent vers les véhicules. Ryder allongea Mac sur le siège arrière. Ils se trouvaient à au moins une heure de la prochaine ville. En voiture, le plus proche centre médical était à plusieurs heures de route. Tout ce qu'ils pouvaient faire était d'installer Mac aussi confortablement que possible, d'essayer de le maintenir en vie, tout en organisant son rapatriement en hélicoptère.

Ryder ne savait pas si l'ennemi avait abandonné ou avait été éliminé. Ils ne croisèrent personne en roulant vers la ville, ce qui était très suspect. Le sable, la poussière qu'ils soulevaient ne permettaient pas de dissimuler ni leur direction ni leur provenance. Ils ne pouvaient que compter sur le nuage de poussière pour les cacher aux yeux adverses, du moins comme cibles, jusqu'à ce qu'ils puissent se mettre à l'abri.

La zone était truffée de mines terrestres, leur survie relevait en grande partie de la chance. Tant que Mac ne serait pas en sécurité et que les prisonniers ne seraient pas remis aux autorités, Ryder ne considérait pas cette opération comme une réussite.

Surveillant leurs arrières, ils se dirigèrent vers l'hélicoptère, selon le plan établi. La respiration de Mac devenait laborieuse, son visage gris et son sang, bien que moins abondant, coulait toujours lentement de sa blessure, au moment où ils atteignirent l'appareil.

— Allez, allez.

Ryder souleva Mac et l'installa à bord de l'hélicoptère. Ils l'attachèrent sur une civière et regardèrent l'hélicoptère décoller, prenant la direction opposée au champ de bataille.

— Ryder, allons-y.

Il courut jusqu'au camion et ils continuèrent leur route jusqu'au camp. Là, les prisonniers furent pris en charge pour être transportés vers l'une des bases principales. Ce camp n'était qu'un quartier général temporaire.

Quatre heures plus tard, Ryder et les autres membres de l'équipe Alpha se présentèrent devant leur commandant.

— Qu'est-il arrivé à Macklin ? demanda le commandant d'une voix ferme.

Ryder fit un bref compte-rendu de ce qu'il savait, puis chaque membre de l'équipe ajouta ses propres détails.

Le commandant acquiesça, écoutant attentivement chacun d'entre eux, tout en prenant quelques notes.

Alors qu'ils s'apprêtaient à sortir, le commandant appela :

— Ryder, un moment.

Ryder fit demi-tour.

— Oui, Monsieur.

— Y a-t-il un problème entre Mac et vous ?

Le commandant se pencha en avant sur son bureau.

— Normalement, je n'aborderais pas ce genre de questions. Mais, il y a quelque temps des rumeurs ont circulé. L'un de ses hommes en a également parlé.

Ryder marqua légèrement sa surprise d'un haussement de sourcil. C'était la seule réaction qu'il se permit de montrer. À l'intérieur, c'était une autre histoire.

— Non, Monsieur.

— Les rumeurs disent qu'une femme est impliquée.

— Non, Monsieur. Caitlyn et moi sommes des amis de longue date. Nous n'avons jamais été en couple, mentit-il avec aplomb.

À l'exception de ce week-end magique, où trois jours durant, ils avaient partagé leur amour, après vingt ans d'amitié. Puis, il avait osé lui dire « je t'aime » et Caitlyn s'était enfuie. Depuis, elle avait refusé de lui parler. Cela faisait deux ans.

Le commandant l'observa attentivement.

— Caitlyn sort avec Mac.

— Ça ne me pose pas de problème, répondit Ryder.

— Bien. Assurez-vous que cela continue comme ça. Je ne veux pas que des problèmes personnels interfèrent avec notre équipe.

Ryder était furieux d'entendre que son professionnalisme était remis en question, à cause d'une femme. Bien sûr qu'il aimait Caitlyn, mais il l'avait perdue. Elle avait trouvé quelqu'un d'autre. Que ça lui plaise ou non, il devait l'accepter.

— Ça n'arrivera pas, Monsieur.

Le commandant opina.

— Disposez.

Ryder fit demi-tour et sortit. Corey l'attendait.

— Ai-je bien entendu ? questionna Corey à voix basse.

Ryder acquiesça d'un signe de tête. Corey n'aurait pas dû entendre quoi que ce soit, mais dans une base comme celle-ci, les sons se propageaient.

— Désolé, mec, ajouta Corey.

Ryder haussa les épaules.

— Je ne peux rien y faire.

Le problème était qu'il aimait Caitlyn, mais il l'avait perdue. Elle avait trouvé quelqu'un d'autre. Il se dirigea vers la tente médicale, espérant qu'un rapport sur l'état de Mac leur avait été communiqué. Macklin était un homme bien. Si Caitlyn était heureuse avec lui, peu importait ce que Ryder en pensait. Elle avait pris sa décision deux ans plus tôt. Ryder devait faire avec.

Il s'arrêta devant la tente et se racla la gorge. Les infirmiers se retournèrent pour le regarder. Une petite blonde lui tournait le dos. Il fronça les sourcils en voyant ce profil familier, son cœur battant la chamade. Pourquoi n'était-elle pas à l'hôpital principal de la base, à l'extérieur de Bagdad, avec Mac ?

— Caitlyn ?

Elle se retourna.

Il la fixa avec confusion, puis recula d'un pas, vers l'endroit où se trouvaient les hélicoptères.

— Qu'est-ce que tu fais ici ?

Elle haussa les épaules.

— Je suis infirmière militaire, tu te souviens ? J'ai encore quelques semaines de service.

— Et Mac ? demanda-t-il vaguement.

Elle fronça les sourcils.

— Mac est un homme bon.

Il ressentit le choc de la surprise.

— Bien sûr qu'il l'est. Je l'ai aidé à sauver ses fesses. Je suis venu pour avoir de ses nouvelles.

Elle prit un air professionnel.

— Il s'en sortira. Mais il a quelques jours difficiles qui l'attendent. Selon l'étendue de ses blessures, il pourrait avoir besoin de quelques mois de rééducation.

— Pourquoi n'es-tu pas avec lui ?

— Parce que je travaille.

— C'est ton compagnon. Tu aurais droit à un congé pour être à ses côtés.

Elle jeta un long regard à Ryder.

— C'est mon ami. Il s'attendrait à ce que je ne fasse rien d'autre que de rester ici et de m'occuper du reste d'entre vous.

Malheureusement, cela semblait plausible. Cependant, Ryder ressentit un malaise. Macklin ne devrait pas être seul. Tout le monde avait besoin de quelqu'un. Même Ryder.

Caitlyn regarda l'homme, qu'elle avait aimé plus que n'importe qui, sortir de la tente, visiblement frustré. La colère et l'inquiétude se lisaient sur son visage. Elle ne l'avait que peu revu depuis leur fameux week-end qui avait presque tout bouleversé. La seule chose qu'elle regrettait dans sa vie était de ne pas avoir éclairci les choses avec Ryder plus tôt. Et depuis tout ce temps, elle n'avait pas trouvé le moyen de réparer ce qui était brisé.

— Ryder, Mac va s'en sortir, insista-t-elle.

Ryder recula le plus vite possible.

Elle l'observa jusqu'à ce qu'il sorte de son champ de vision. Même s'ils ne s'appréciaient guère, Mac et lui, étaient coéquipiers. Ils se souciaient toujours l'un de l'autre. Elle détestait s'être interposée entre eux. Ce n'était pas son intention. Mac savait ce qui s'était passé entre elle et Ryder. Il l'avait soutenue, espérant une réconciliation. Mais, Caitlyn avait refusé de répondre aux nombreuses tentatives de Ryder. Elle n'était pas prête à le faire alors.

Quand Ryder avait arrêté de l'appeler, elle avait pris le relais. Elle mettait son téléphone en mode silencieux dès que Ryder décrochait, puis raccrochait en signe d'exaspération. Cela avait duré des mois, dans un sens ou dans l'autre. Cela n'avait pas rétabli la communication entre eux. Quand Ryder l'avait vue avec Mac, ça avait été la goutte d'eau. Ryder s'était éloigné au barbecue sans lui laisser la moindre chance de s'expliquer. Il était pourtant la seule raison de sa présence à cette fête. Mac lui avait dit que Ryder serait là. Maintenant, elle réalisait que ce n'était pas la meilleure décision. Ryder avait mal interprété les choses et avait pensé qu'elle sortait avec Mac. Elle avait vu la colère sur son visage, la douleur. Mac et Ryder étaient de bons amis, jusqu'à ce que Ryder la voie avec Mac au barbecue. Mac avait dit que les choses avaient changé après ça. Pas de manière significative, mais si Mac les rejoignait alors qu'ils traînaient ensemble, Ryder trouvait toujours une excuse pour partir. Ou, s'ils arrivaient au gymnase en même temps, Ryder prenait la direction opposée. Des changements subtils mais évidents pour Mac.

Caitlyn savait que les murs autour de Ryder seraient plus hauts, plus épais et plus forts que jamais, après cet épisode. Elle devait se rattraper. Elle devait s'expliquer clairement pour que Ryder comprenne que Mac était juste son ami, pas son compagnon.

Elle regarda ses mains, se demandant si elle avait été idiote. Elle avait spécifiquement demandé à être déployée à l'étranger, espérant que Ryder serait là où elle serait affectée. Qu'elle pourrait le voir, lui parler.

Elle avait compris qu'elle devait parler à Ryder de vive voix. Elle l'avait traqué pendant des mois. Mac l'avait surprise et lui avait finalement arraché la vérité. Elle s'était sentie bête. Mac avait oscillé entre la colère et l'effarement. Elle se souvenait clairement de ses mots.

— Même si j'aimerais savoir qu'une femme se soucie suffisamment de moi pour me retrouver, ta façon de faire est sacrément effrayante, avait-il asséné.

Et c'est là qu'elle s'était arrêtée. Mac avait raison. Elle voulait s'excuser auprès de Ryder de n'avoir pas eu le courage de discuter avec lui des conséquences du fait d'avoir fait l'amour ensemble après vingt ans d'amitié. D'où sa présence au barbecue et ses missions à l'étranger. Pourtant, pourquoi n'avait-elle rien dit jusqu'à présent ? Pourquoi évitait-elle toujours de le faire ? Elle se tenait à l'extérieur de la tente médicale, surveillant la direction qu'il avait prise.

Elle aurait pu choisir une carrière médicale privée et faire fortune, mais elle servait son pays et risquait sa vie tous les jours, principalement pour se punir.

Et pour avoir la chance de voir Ryder. Alors qu'elle se retournait, quelqu'un s'approcha et lui barra le passage. Elle lança un regard à Corey.

— C'est quoi ton problème ?

Il rapprocha son visage du sien.

— Laisse Ryder tranquille. Tu lui as déjà fait assez de mal.

Sur ce, Corey fit demi-tour et s'en alla précipitamment.

À l'intérieur d'elle-même, elle se brisa un peu plus. Elle n'avait pas voulu blesser Ryder, mais elle savait qu'elle l'avait fait. Sa déclaration d'amour, après vingt ans d'amitié platonique, avait été comme une bombe qui avait tout chamboulé en elle. Elle était restée ébranlée. Confuse et dévastée au point de ne plus savoir ce qui était vrai et ce qui ne l'était pas. Comme un animal blessé, elle s'était cachée, cherchant à rétablir une certaine normalité dans un monde qui avait basculé.

Il était absurde de dire qu'elle n'était qu'une jeune femme immature. Ryder avait toujours été là, en retrait, observant, amical et bienveillant. Il était présent à sa remise de diplôme, à son mariage. Il avait été son meilleur ami. Caitlyn avait toujours été sûre que ce n'était pas lui. Il ne serait jamais l'amour de sa vie. Il était son meilleur ami. Pour toujours.

Elle avait appris à ses dépens à quel point elle s'était trompée. Ce week-end-là, elle avait perdu son meilleur ami de longue date… et son nouvel amant.

Elle ne se souvenait pas comment ils s'étaient retrouvés au lit ce soir-là. Ils y étaient restés tout le week-end. Peut-être était-ce le vin ? Bien que ni l'un ni l'autre n'aient jamais beaucoup bu. Jamais. Peut-être était-ce aussi le mélange de dévastation et de libération après son divorce ? À l'époque, elle avait été anéantie, trouvant les plaintes de George sur leur mariage totalement déplacées. Rien n'est plus perturbant qu'une rupture. D'abord, il y avait George. Ensuite, il n'y avait plus de George. Et pendant tout ce temps, il y avait Ryder. Le pilier de sa vie, jusqu'à ce week-end. Le sexe entre eux avait été phénoménal, incroyablement passionné, sexy, amusant et attentionné. Quand elle s'était réveillée après ce marathon, qu'elle avait vu son visage, entendu sa déclaration chuchotée, son cœur avait voulu exploser, jubiler, mais son esprit avait fait barrage. Ses jambes avaient suivi son esprit.

Le conflit entre son cœur et son esprit n'avait jamais donné de bons résultats. George en était l'exemple parfait.

Il lui avait fallu des mois pour comprendre ça. Elle était tellement occupée à regarder partout sauf en elle-même. La découverte de la vérité avait été choquante et délicieuse. Puis avec horreur, elle avait réalisé qu'elle avait laissé trop de temps passer. La blessure de Ryder était devenue trop profonde. La vie n'avait plus jamais été la même depuis. Ni pour Ryder ni pour elle.

Les mois suivants avaient été extrêmement difficiles. Ryder avait enchainé mission après mission, entraînement après entraînement. Il s'était porté volontaire pour toutes les opérations possibles, comme s'il espérait être tué. Et maintenant, elle était là. Dans un monde qui n'était pas vraiment le sien, dans le monde de Ryder, la seule façon pour elle d'être encore dans sa vie. Son plan avait fonctionné. Aujourd'hui, ils étaient tous les deux basés ici, en Irak. C'était déjà assez effrayant.

Pourtant, elle ne voulait pas tout gâcher, toutes ses tentatives de réconciliation avec Ryder.

Où était Mac quand elle avait besoin de lui ? Il s'était avéré être un bon ami. Il avait compris que son cœur était tourné vers Ryder. Il avait menacé de ramener Ryder par la peau du cou et de le forcer à l'écouter. Caitlyn avait refusé, ce n'était pas ce qu'elle voulait. Elle ne voulait pas non plus que Ryder sache qu'elle avait pleuré sur l'épaule de Mac. Plusieurs fois.

S'il y avait une chose que Ryder possédait, c'était sa fierté. Elle l'avait prise et l'avait déchirée sans le vouloir. Il l'avait réparée, plus forte, plus épaisse et plus dure que jamais. Caitlyn ne voulait pas la mettre, de nouveau, en pièces.

Elle retourna à l'intérieur de la tente et consulta sa montre. Presque dix-huit heures. Elle attrapa sa veste, l'enfila et se dirigea vers la tente de restauration. Elle n'avait aucun patient en ce moment, c'était donc le bon moment pour manger.

Soudain, une explosion se produisit à sa gauche, la projetant au sol. Après un moment, elle se remit sur pied, courut en direction de l'explosion. Le camp était très fréquenté, il y aurait des blessés.

Alors qu'elle courait, la fumée s'épaissit. Quelqu'un l'attrapa par-derrière, la fit pivoter, elle fut plaquée contre un torse dur. Elle lutta pour se libérer.

— Laissez-moi partir. Laissez-moi partir. Je dois aider.

Des bras l'étreignirent.

— Tu partiras dans quelques minutes, quand la scène sera sécurisée.

Ryder. Elle s'affala mollement contre son corps. Bien sûr que c'était lui. Elle leva les yeux. Il ne la regardait pas. Son visage était sombre, fixé sur l'horreur derrière elle.

Quelques instants plus tard, il la lâcha. Caitlyn se précipita dans le chaos. Déjà, elle discernait au moins deux morts et trois blessés. Cela aurait pu être bien pire. Elle pleurait la perte de ceux qui étaient décédés. Elle les connaissait tous les deux. C'étaient des hommes bons qui ne méritaient pas cela. Elle réalisa, une fois de plus, à quel point elle avait frôlé la mort. Quelques mètres de plus dans la mauvaise direction, elle aurait été touchée de plein fouet.

Le tome 14 est disponible dès aujourd'hui !
Pour en savoir plus, visitez le site web de Dale Mayer.
https://geni.us/DMSFRRyder

Note de l'auteure

Merci d'avoir lu *Easton, Légion d'honneur, tome 13* ! Si vous avez apprécié le livre, merci de prendre un moment pour laisser votre avis.

Chers lecteurs,

J'aime avoir de vos nouvelles, alors n'hésitez pas à me contacter sur mon site web : www.dalemayer.com ou sur ma page d'auteure Facebook. Pour être informés des nouvelles parutions et des offres spéciales, inscrivez-vous à ma newsletter ou suivez-moi sur BookBub. Si vous souhaitez rejoindre mon groupe de lecteurs, voici la page d'inscription sur Facebook.
http://geni.us/DaleMayerFBGroup

À bientôt,
Dale Mayer

À propos de l'auteure

Dale Mayer est une auteure de best-sellers au classement de *USA Today*, connue pour ses romances militaires sur les forces spéciales, sa série *Psychic Visions* et sa série *Jolis Jardins Maudits*, dans le genre cozy mystery. Ses romances contemporaines sont vibrantes d'émotion et de passion (série *Broken But… Mending, Hathaway House*). Ses thrillers vous laisseront à bout de souffle (séries *By Death* et *Kate Morgan*) et ses comédies romantiques vous feront rire aux éclats (*It's a Dog's Life*, une novella hors-série, et la série *Broken Protocols* avec Charming Marvin, le chat).

Elle laisse libre cours aux séries qui lui viennent… dont certaines sont carrément folles, enfreignant toutes les règles et croisant différents genres !

En plus de ses romans de fiction, elle écrit également des textes documentaires dans de nombreux domaines, dont la rédaction de CV, le jardinage de loisir et le système de crédit immobilier américain. Elle a récemment publié la série professionnelle *Career Essentials*. Tous ses livres sont disponibles aux formats papier et ebook.

Contactez Dale Mayer en ligne

Site web de Dale – www.dalemayer.com
Twitter – @DaleMayer
Facebook Page – geni.us/DaleMayerFBFanPage
Facebook Group – geni.us/DaleMayerFBGroup
BookBub – geni.us/DaleMayerBookbub
Instagram – geni.us/DaleMayerInstagram
Goodreads – geni.us/DaleMayerGoodreads
Newsletter – geni.us/DaleNews